Claire McNab

Erben & Sterben

Claire McNab

Erben & Sterben

Offensive Krimi

aus dem australischen Englisch
von Gerlinde Kowitzke

Frauenoffensive

1. Auflage, 2004

Originaltitel: Blood Link

(Metzstr. 14 c, 81667 München)
www.verlag-frauenoffensive.de
info@verlag-frauenoffensive.de

ISBN 3-88104-368-3

Druck: Clausen & Bosse, Leck
Umschlaggestaltung: Erasmi & Stein, München

Dieses Buch ist gedruckt auf Papier aus chlorfrei gebleichtem Zellstoff.

Die Personen

Carol Ashton	Kriminalkommissarin
Mark Bourke	Kriminalinspektor
Anne Newsome	Kriminalwachtmeisterin
Miles Li	Kriminalbeamter
Maureen Oatland	Kriminalbeamtin
Lester Upton	Kriminalbeamter
Thurmond Rule	Multimillionär
Juanita und Hector Paz	Rules Angestellte
Ambrose Slessor	Rules Anwalt
Fred Verrell	Privatdetektiv
Chuck Inman	Erbanwärter
Kent Humphries	Erbanwärter
Susan Jordan alias Ophelia Rule	Erbanwärterin
Jim Flint	Erbanwärter
Vida Drake	Journalistin
Madeline Shipley	TV-Moderatorin
Katarina Thane	Hellseherin
Leota Woolfe	Carols Geliebte
Sybil Quade	Carols Ex-Geliebte
Tante Sarah	Carols Tante
Sinker	Carols Kater

1

„Sieht ganz nach Unfall aus, Carol“, sagte Mark Bourke. „Mehrere Zeugen, einer aus unmittelbarer Nähe, haben die Sache beobachtet, kein Hinweis auf etwas anderes. Das zuständige Polizeirevier hätte sich der Sache annehmen sollen. Wäre die Tote nicht so prominent, hätte man uns gar nicht gerufen.“

Mit dem Gesicht nach unten lag die mit schwarzer Jeans und rotem T-Shirt bekleidete Frau beim Heck eines feuerroten Lamborghini, dessen Kofferraum offenstand. Ein Stöckelschuh befand sich noch an ihrem Fuß, der andere lag zwei Meter entfernt. Die blutigen Finger der linken Hand, auf deren Rücken eine kleine schwarze Rose tätowiert war, umklammerten ein Schlüsselbund. Um die Tote herum lagen Einkaufstüten exklusiver Modemarken. Aus einer quoll der changierende grüne Stoff eines Kleidungsstücks. Der Inhalt einer Handtasche lag auf dem Boden verstreut – eine Brieftasche, eine goldene Puderdose, ein Notizbuch mit geprägtem Ledereinband, ein silberner Stift.

Zwanzig Meter weiter bewachte ein Verkehrspolizist einen querstehenden schäbigen Kleinlaster, dessen dunkle Bremsspur deutlich auf eine Notbremsung hinwies. In den Scherben des Scheinwerfers brach sich die Sonne.

Carol trat zurück und blickte sich um. Wolken jagten am Himmel dahin. Die beigefarbenen Gebäude des Einkaufszentrums standen in einem Meer parkender Autos. Ein kalter Wind ließ das Band flattern, das den Bereich des Parkplatzes, auf dem sie sich befanden, absperrte. Streifenwagen riegelten die Zufahrt ab. Wer vom Einkauf zu seinem hier geparkten Wagen zurückkehrte, mußte warten, ein wachsamer Polizist notierte sich die Namen. Von Polizei und Notarztwagen magisch angelockt, drängelten sich schaulustige Passanten.

„Setz die Sichtblenden", sagte Carol, als sie den ersten Übertragungswagen vom Fernsehen anrücken sah. „Das einzige, das wir für sie tun können, ist, sie ein bißchen abzuschirmen." Sie blickte hoch, als ein Helikopter herandröhnte. „Ein frommer Wunsch, Mark. Das hier spitzt sich zum wohlbekannten Medienrummel zu."

„Kommissarin Ashton?" Eine uniformierte Polizistin, die Carol für gerade achtzehn hielt, hatte ihr eine schwerwiegende Meldung zu machen. „Wir haben das Nummernschild überprüft. Der Lamborghini ist auf Ms. Rule zugelassen."

„Martina Rule, die Milliardenerbin, stirbt auf dem Parkplatz eines Einkaufszentrums", sagte Bourke mit traurigem Lächeln auf seinem offenen Gesicht. „Wer hätte das gedacht?"

Carols Mobiltelefon klingelte. „Carol Ashton." Sie hörte zu und sagte dann: „Ja, alles deutet darauf hin, daß es sich um Martina Rule handelt. Offenbar ist sie zu ihrem Wagen gegangen und dabei von einem Fahrzeug angefahren worden. Vermutlich war sie sofort tot." Sie hielt inne, dann fügte sie hinzu: „Nein, den Fahrer habe ich noch nicht vernommen... Natürlich, Herr Direktor. Vielen Dank."

Als sie auflegte, stieß Bourke einen leisen Pfiff aus. „Der Oberboss ist involviert?"

„Er ist ein Freund von Rule, deshalb spricht er selbst mit ihm."

Bourke verzog das Gesicht. „Ich schätze, Rule weiß es bereits. Der erste Verkehrspolizist, der zum Unfallort kam, überprüfte das Nummernschild, erkannte den Namen und leitete das ganze Problem nach oben weiter. Aber da war es schon zu spät." Er deutete auf den nächsten Ü-Wagen vom

Fernsehen, der auf den Parkplatz fuhr. „Sieh dir das an. Die Nachricht ist rum wie ein Lauffeuer."

Carol sah auf die Tote hinab. Thurmond Rules Tochter war oft in den Schlagzeilen der Regenbogenpresse oder Klatschkolumnen aufgetaucht, ihr langes, leicht pferdehaftes Gesicht sah man bei jeder wichtigen Filmpremiere, Vernissage oder großen Gesellschaft. Der Name Rule stand als Muß auf jeder Einladungsliste – trotz ihrer Ausfälle, die für die Medien stets ein gefundenes Fressen waren, und ihrer Neigung, mit vermeintlichen Konkurrentinnen, die ihr die gesellschaftliche Position streitig machten, rüde umzuspringen.

Bourke überwachte das Aufstellen der Sichtblenden, um die Tote vor den geilen Blicken der Gaffer und den Teleobjektiven der Fernsehkameras auf den Dächern der Ü-Wagen zu verbergen. Einige Rundfunkreporter, die sich zum Absperrband vorgedrängt hatten, wo sie von der jungen Polizistin, die Carol über die Besitzerin des Lamborghini informiert hatte, in Schach gehalten wurden, bestürmten die Kommissarin mit Fragen, die sie ignorierte. „Da kommt Reynolds", sagte Carol, die sah, wie sich der massige Leichenbeschauer unter allgemeinem Feixen aus seinem erst kürzlich erworbenen Mini Cooper quälte. Gleich hinter ihm hielt der Van der Spurensicherung.

Reynolds kam schnaufend herüber, strahlte Carol an und fragte: „Und wie geht's meiner umwerfenden blonden Lieblingskommissarin?"

„Mir geht's gut, Burt. Und Ihnen?"

„Meine Frau hält mich auf einer lausigen Diät – Salatblätter und Selleriezeug." Er tätschelte sich den runden Wanst. „Ich schwinde so langsam dahin." Dann betrachtete er die Tote zu seinen Füßen. „Rules liederliche Tochter, hm?" Er stellte seinen Koffer neben den Leichnam und grinste über Carols resignierte Miene. „Sie hatten doch hoffentlich nicht gedacht, die Sache geheimzuhalten? Als ich herfuhr, hörte ich schon im Radio, daß Martina Rule einem tödlichen Unfall erlegen ist."

Liz Careys wilder grauer Schopf duckte sich unter dem Absperrband durch. Hinter ihr erschienen drei ihrer Mitarbeiter von der Spurensicherung mit ihren Gerätschaften. „Mach mal dalli, Burt", sagte Liz zum Leichenbeschauer, „wir haben schließlich nicht den ganzen Tag Zeit." Sie sah sich um. „Sie sterben momentan wie die Fliegen da draußen."

Liz und Reynolds grinsten sich bei dieser Frotzelei an. Aus unerfindlichen Gründen lag die Mordrate momentan auf einem Jahrhunderttief, wie die Rate krimineller Delikte überhaupt, mit einer seltsamen Ausnahme: Kaufhausdiebstahl.

„Der Polizeichef ist involviert", sagte Bourke.

Liz Carey schnaubte. „Natürlich ist der Polizeichef involviert. Schließlich hat Rule eine oder zwei Milliarden an den Füßen. Sein Geld verschafft ihm Zugang zu allem und jedem."

Reynolds zog eine Grimasse, als er sich neben die Tote kniete. „Dann machen wir alle es am besten genau nach Vorschrift."

Erbost über seinen beflissenen Ton entgegnete Carol. „Das gilt doch wohl prinzipiell. Egal, wer die Angehörigen eines Opfers sind."

Der Mediziner blickte sie mit säuerlichem Lächeln an. „Ach ja? Erinnern Sie sich noch an den Fall Courtauld? Da hat Papi sein volles Gewicht in die Waagschale geworfen."

Vor acht Monaten war Martina Rule bei einem Streit in einem Nachtclub verhaftet worden. Das war nicht das erste Mal. Doch diesmal hatte sie am Ende der erbitterten Auseinandersetzung einem Gast eine ungeöffnete Champagnerflasche über den Kopf gezogen. Das Opfer, Henry Courtauld, war mit einer Schädelfraktur in der Klinik gelandet. Martina verfrachtete man in eine Zelle, wo sie über die Brutalität der Polizei zeterte und daß sie unschuldig sei.

Der Fall schien eine klare Sache, doch ihr Vater heuerte

Experten und Privatdetektive und die besten Verteidiger an. Jeder kleinste Beweis wurde in Abrede gestellt, die Zeugen widerriefen ihre Aussagen, die Polizeiprotokolle wurden angefochten. Nach Carols Meinung hatten Rules Einfluß und Geld seiner Tochter das unverdiente Urteil „Nicht schuldig“ erkauft.

Während Bourke mit einem Polizisten sprach, bestätigte Reynolds den Tod des Verkehrsopfers. Er verglich die Außentemperatur mit der des Leichnams, indem er ihm ein Thermometer in die Leber steckte, setzte den Rahmen der Todeszeit auf die letzten zwei Stunden und packte seine Sachen zusammen. Dann nahm Liz Careys Spurensicherungsteam seine Arbeit auf. Es fotografierte, vermaß und drehte die Tote um. Brillanten funkelten in ihren Ohren, eine feine Goldkette glänzte. Trotz der Verletzungen im Gesicht waren die erschlafften Züge einwandfrei zu erkennen. Es war ohne Zweifel Martina Rule.

„Was den Fahrer betrifft“, sagte Bourke, „die Verkehrspolizisten haben einen Alkoholtest gemacht. Er hat nichts getrunken, und seine Papiere sind in Ordnung. Er heißt Hawkins, Sid Hawkins.“

Als Carol und Bourke zum Streifenwagen kamen, schwang sich Hawkins vom Rücksitz. Er war ein schmaler Mann mit verklebten Haaren und einem kantigen, mürrischen Gesicht. Er trug schmierige Jeans und ein enges, einstmals weißes T-Shirt, das seinen beginnenden Bierbauch betonte. Mit dem Daumen auf den Wachtmeister neben sich deutend, sagte er: „Dieser Mann sagt, daß Sie hier das Sagen haben.“ Das beeindruckte ihn sichtlich nicht.

„Ich bin Kommissarin Ashton, Mr. Hawkins. Würden Sie uns berichten, was passiert ist?“

„Passiert ist, daß sie mir direkt ins Auto lief. Ich sah sie erst, als es schon zu spät war.“ Er legte den Kopf schief, um zu sehen, wie Carol reagierte, dann fügte er hinzu: „Ein Unfall! Ihre Schuld, nicht meine." Wieder hielt er inne, dann: „Sie ist tot? Ja?"

„Leider, ja."

Hawkins schnappte nach Luft. „Gott, daß mir so was passiert."

„Wir brauchen Ihre schriftliche Aussage", erklärte Bourke.

„Schauen Sie, andere Leute haben gesehen, wie es passiert ist." Er drehte den kantigen Kopf. „Ein Mann stand direkt daneben. Der andere Polizist hat mit ihm geredet. Ich weiß nicht, wo sie ihn hingebracht haben, aber er kann es bezeugen." Nun blickte er Carol wieder an. „Wie lange wird diese Sache dauern? Das Ganze tut mir leid und alles, aber ich habe zu tun."

„Wir alle haben zu tun, Mr. Hawkins", erklärte Carol mit kühlem, amtlichem Lächeln. „Wir werden versuchen, es kurz zu halten. Bitte, schildern Sie so genau wie möglich, was passiert ist."

„Das hab' ich doch schon zig Mal." Als Carol darauf nicht reagierte, zuckte er gereizt mit den Schultern. „Also gut", sagte er, um Geduld ringend. „Ich war hier im Baumarkt und hab' Material besorgt. Wenn Sie mir nicht glauben, können Sie nachsehen – es liegt hinten auf dem Wagen. Ich hab' also, was ich brauche, und fahr' los. Just in dem Moment steht wie aus dem Nichts diese Frau vor mir. Ich hatte nicht mal Zeit zum Bremsen oder so, erst als es schon passiert war."

„Ist die Frau zwischen den parkenden Wagen hervorgetreten?"

Hawkins runzelte bei Carols Frage die Stirn. „Keine Ahnung. Ich sag' ja, ich hab' sie nicht gesehen." Mit scharfem Klatschen schlug er die Hände zusammen. „Zack! Ich erwischte sie, direkt als ich sie sah." Er nickte rasch, befriedigt. „Unfall, schlicht und einfach."

Bei Hawkins' Gleichgültigkeit zog Carol die Brauen hoch

und fragte: „Waren Sie entsetzt, als Sie realisierten, was passiert war?“

„Entsetzt? Na klar, ich war verdammt entsetzt. Was erwarten Sie denn?“ Solidarität heischend warf Hawkins Bourke einen Blick zu, der besagte: „Können Sie sich eine blödere Frage vorstellen?“

Bourke schaltete sich ein. „Wie schnell sind Sie gefahren?“

Hawkins runzelte die Stirn. „Nicht schnell, wenn Sie das meinen. Sicher, ich gebe zu, ich hatte es ein bißchen eilig, aber da war ja auch niemand zu sehen, was mich betrifft.“ Er seufzte ungeduldig. „Ich hab’ schon gesagt, dieser andere Mann hat alles mit angesehen. Wieso fragen Sie ihn nicht? Er wird mich bestätigen. Ich habe nichts Falsches getan.“

„Also haben Sie gebremst, als Sie das Opfer erwischten?“

„Hören Sie, *ich* bin hier das Opfer, grundlos werde ich hier wie ein Krimineller behandelt.“ Und mit selbstgerechter Miene fügte er hinzu: „Ich begehe doch keine Fahrerflucht. Ich bremse, springe raus und renne hin. Ich konnte sofort sehen, daß sie hinüber war.“

„Haben Sie die Frau zuvor schon einmal gesehen?“

Hawkins bedachte Carol mit ungläubigem Blick. „Sie meinen, ob ich sie kenne? Eine mit so einem Luxusschlitten? Wieso sollte ich?“ Er verschränkte seine sehnigen Arme. „Hab’ sie nie zuvor in meinem Leben gesehen.“

Einige Minuten später bestätigte der Hauptzeuge, ein nervöser kleiner Mann in verknautschtem braunen Anzug und verknittertem blauen Hemd, Sid Hawkins’ Geschichte. „Ich wollte gerade mein Auto aufschließen, als dieser Mann in dem Laster kam, nicht schnell, gewiß nicht, dann, ohne hinzusehen, tritt diese Frau direkt vor ihn. Und er fährt sie um.“

„Sie haben keine Warnung gerufen, Mr. Doherty?“ fragte Bourke.

„Keine Zeit. In einer Sekunde war alles vorbei.“ Er schüttelte den Kopf. „Schrecklich. Einfach schrecklich.“

„Welche Geräusche haben Sie gehört, Mr. Doherty?“ wollte Carol wissen.

Irritiert blickte er sie an. „Geräusche?“

„Als der Unfall geschah, haben Sie da Geräusche gehört?“

Er wirkte ganz verwirrt, schließlich sagte er: „Zum Beispiel, ob sie geschrien hat, meinen Sie?“

„Immerhin erwischte der Laster sie so hart, daß sie starb“, half ihm Bourke auf die Sprünge.

„O ja, ich erinnere mich. Da war so ein dumpfer Laut. Ich glaube nicht, daß sie geschrien hat.“ Sein Gesicht verzog sich. „Gott, war das schrecklich. Aber ich hab's genau gesehen, und es war ein Unfall. Das wollte ich Ihnen sagen. Den Fahrer trifft keine Schuld.“

Nachdem sie veranlaßt hatte, daß Doherty und Hawkins in verschiedenen Streifenwagen zum nächsten Polizeirevier gebracht wurden, fragte Carol Bourke, bevor er ihnen folgte, um die Aussagen protokollieren zu lassen: „Mark, was hältst du davon?“

„Ich denke, Martina Rule starb, weil sie unaufmerksam war und nicht hingeschaut hat.“ Er grinste sarkastisch. „Schade, daß sie nicht jemand, dem sie nicht völlig schnuppe war, über den Haufen gefahren hat, aber so ist das eben.“

2

Zwei Tage nachdem Carol und Bourke alle Aspekte des Unfalls zusammengetragen hatten, schickte der Polizeichef sie zu Thurmond Rule, um ihm persönlich über den Tod seiner Tochter Bericht zu erstatten.

Carol fuhr nur ungern zum Anwesen am Hafen, schließlich wußte sie, daß der Polizeichef Rule Kopien sämtlicher

Akten zum Fall hatte zuschicken lassen. Dies war lediglich eine PR-Aktion.

Carols Team hatte noch einen Stapel Fälle abzuarbeiten; diese PR-Sache würde sie wertvolle Zeit kosten, die sie und Bourke sehr viel nützlicher verbringen konnten. Sich in ihr Schicksal ergebend, wandte sie ein, daß Bourkes Gegenwart unnötig sei. Doch der Polizeichef bestand darauf: „Vielleicht möchte Thurmond Rule ja Ihren Inspektor befragen."

Während Bourke durch den mäßigen Morgenverkehr steuerte, überlegte Carol, wie sie die Arbeit in ihrem Kommissariat neu verteilen könnte. Der Generalstaatsanwalt hatte erst kürzlich öffentlich seiner Sorge Ausdruck gegeben, daß die Unterbesetzung in der Mordkommission zu weniger gründlichen Ermittlungsverfahren führte. Insgeheim pflichtete Carol ihm bei.

Die vor kurzem grundlegend reformierte Mordkommission litt unter gravierenden Haushaltseinsparungen, und obwohl jedes der sieben Kommissariate der Mordkommission aus sieben Mitarbeitern bestehen sollte, fehlte in jedem Team mindestens eine Kraft. Carols Team bestand sogar nur aus fünf Personen, da Terry Roham nach seinen schweren Verletzungen noch immer krankgeschrieben war. Sie hatte eigentlich diese Woche mit seiner Rückkehr gerechnet, aber er hatte heute morgen einen überraschenden Rückfall erlitten und war wieder ins Krankenhaus eingeliefert worden. Außer ihr und Bourke gab es nur drei weitere Fachleute im Team – Anne Newsome, Miles Li und Maureen Oatland. Von den dreien war Maureen die Erfahrenste, eine großgewachsene Frau mit dröhnender Stimme, die viele Jahre in der Kommission für Jugendkriminalität und Vergewaltigungsdelikte gearbeitet hatte, bevor sie zur Mordkommission versetzt wurde. Carol hatte sie für die Zeit ausgeliehen, die Dennis Earls Ausbildung zum Experten für Computerkriminalität dauerte.

Bourke unterbrach ihre Gedanken. „Das sieht ja wie eine Festung aus“, bemerkte er, vor dem riesigen Schmiedeeisentor des Rule’schen Anwesens haltend. Es war auf drei Seiten von einer hohen Sandsteinmauer umgeben – die vierte, zum Wasser gelegene Seite war Rules privater Yachthafen –, das Tor bewachten zwei mächtige, abschreckend aussehende Männer in extravagant geschnittenen grauen Uniformen. Carols und Bourkes Ausweise wurden gründlich geprüft, dann ließ man sie den Wagen drinnen an der Mauer parken und zu Fuß die Auffahrt hinaufgehen, die im Bogen einen kleinen Hügel hochführte.

„Ich muß Sie zum nächsten Posten bringen“, krächzte der Größere von beiden. Sein Kollege sagte etwas ins Telefon, offenbar gab er dem nächsten Wachmann durch, daß sie auf dem Weg waren. Er folgte ihnen dicht auf den Fersen, bis das hübsche Wachhäuschen vor ihnen lag, dann blieb er stehen und wartete; als sie es erreicht hatten, drehte er sich um und ging zurück.

„Zuviel Geld hat auch Nachteile“, bemerkte Bourke zu Carol, während der zweite Doppelposten ihre Kripoausweise prüfte. „Ich meine, normale Dinge kannst du gar nicht mehr tun, oder? Du mußt ständig Angst haben, gekidnapped zu werden oder verfolgt von denen, die auf dein Geld scharf sind.“

Einer der Wächter, der auf der Brusttasche seiner grauen Uniform ein Schild mit dem Namen Ledmark trug, grinste, als er das hörte. „Ich schätze, die Unannehmlichkeiten nähme ich in Kauf“, sagte er. „Wie heißt es gleich? Geld macht nicht glücklich, aber bestimmt macht es das Unglück erträglich.“

„Sind Sie bewaffnet?“ fragte der andere Mann mit dem flachen ausdruckslosen Gesicht. Gallagher stand auf seinem Namensschild.

Bourke breitete die Arme aus. „Heute nicht, Mr. Gallagher. Wollen Sie mich durchsuchen?“ fragte er im Scherz, und

Carol mußte grinsen, wie überrascht er war, als der Wachmann ihn tatsächlich abtastete.

„Ich trage eine kleine Glock", sagte sie. Ihr gutgeschnittener Blazer verbarg die Ausbuchtung der Waffe hinten im Taillenhalfter.

Gallagher schien sie ebenfalls abtasten zu wollen, doch Ledmark schüttelte rasch den Kopf. „Kommissarin Ashton wird dir kaum ihre Waffe aushändigen."

Gallagher begleitete sie zur Haustür des reizlosen Sandsteingebäudes, das offensichtlich von einem Architekten gebaut worden war, der keine stilistischen Ambitionen hegte und viel von Klötzen hielt. An der Tür empfing sie eine neue Wachperson, diesmal eine Frau mit hartem Gesicht. „Ich bringe Sie zu Mr. Rules Assistent."

In einem steif möblierten Salon empfing sie Thurmond Rules Assistent. „Ich heiße Hector Paz", sagte er mit der Andeutung eines Lächelns. „Ich freue mich, Sie kennenzulernen, Kommissarin Ashton." Er schüttelte kurz Carols, dann Bourkes Hand. „Inspektor Bourke", sagte er, „leider werden Sie die Kommissarin nicht zu Mr. Rule begleiten können, aber ich werde dafür sorgen, daß man Ihnen inzwischen eine Erfrischung bringt."

Paz sprach mit leichtem Akzent, der seinen Worten eine exotische Nuance gab. Er war ein wenig kleiner als Carol und trug einen zweifellos sündteuren beigefarbenen Anzug, ein frisches weißes Hemd und eine rote Krawatte. Er hatte dunkelbraune funkelnde Augen, das schwarze Haar war über den wohlgeformten Schädel nach hinten gegelt. Er war gut gepolstert, aber nicht fett.

Er hat etwas Katzenhaftes, dachte Carol. Vielleicht lag es an seinem kühlen, emotionslosen Blick – oder vielleicht auch daran, daß er auf sie den Eindruck machte, unter der kühlen abwartenden Haltung lauere angespannte Aufmerksamkeit.

Eine Frau in hellgrüner Schwesternuniform betrat so leise den Raum, daß sie schon fast neben ihnen stand, als Carol sie bemerkte. Sie musterte die Anwesenden rasch, dann faltete sie die Hände und sagte zu Paz: „Mr. Rule hat jetzt seine Medikamente eingenommen. Er bittet den Besuch herein."

„Meine Frau Juanita", stellte Paz vor. „Juanita, das sind Kommissarin Ashton und Inspektor Bourke."

„Angenehm", sagte sie mit nervösem Lächeln. Ihr Akzent klang wie der von Paz, und sie hatte ebenso schwarzes Haar und dunkelbraune Augen wie ihr Mann, war aber zierlich, und statt des kühlen Lauerns betrachtete sie den Besuch mit ängstlicher Aufmerksamkeit.

Hector Paz überließ Bourke seiner Frau und führte Carol durch einen breiten Flur voller Ölgemälde in schweren dunklen Rahmen. „Alles Originale natürlich", erklärte er stolz. „Viele Galeristen würden einen Mord begehen, um an diese Bilder zu kommen." Er sagte es, als sei er selbst der Besitzer der kostbaren Kunstwerke.

Er führte sie durch eine Doppeltür in eine Bibliothek. Rings an den Wänden befanden sich in Leder gebundene Folianten hinter Glastüren, schwere Möbel standen auf einem dicken kastanienbraunen Teppich. Die Sonne fiel durch die Bodenfenster und wärmte den Raum. Trotzdem brannte ein großes Feuer in dem riesigen Kamin, der eine Seite des Zimmers beherrschte.

Carols Blick richtete sich sofort auf den am Feuer sitzenden Mann. Sie hatte ihn zuletzt vor etwa sechs Monaten im Fernsehen gesehen. Daß sich der dynamische Mann in dieses eingesunkene Bündel verwandelt hatte, traf sie wie ein Schock. Sie erinnerte sich an seine Auftritte in verschiedenen Sendern, wo er Gerüchten entgegengetreten war, daß er todkrank sei. Wütend hatte er über die Andeutung gelacht, seine Unternehmen würden ihm entgleiten und die Aktienkurse abstürzen, wenn er das Ruder aus der Hand gäbe.

Das war sehr absurd erschienen – Rules frisches Gesicht, das dichte eisgraue Haar, der starke muskulöse Körper, dazu der überzeugte Ton seiner Baßstimme hatten das Bild eines vor Gesundheit strotzenden Mannes vermittelt.

Jetzt konnte sie sehen, wie sich die Gerüchte bewahrheitet hatten. Thurmond Rule war beträchtlich abgemagert, sein Gesicht ausgemergelt, die Augen waren eingesunken. Sein Haar wirkte dünner und weißer, seine ursprüngliche Vitalität hatte ihn völlig verlassen. Er saß in einem ledernen Lehnstuhl, ein Schottenmusterplaid über den Knien, und wirkte mehr wie ein Invalide denn ein mächtiger Industriekapitän.

Mit einer Geste unterbrach er Paz' Ansatz, ihm Carol vorzustellen. „Ich weiß, wer sie ist. Lassen Sie uns jetzt allein."

Als Paz die Doppeltür hinter sich geschlossen hatte, deutete Rule auf einen zweiten Lehnstuhl. „Setzen Sie sich hierher, mir gegenüber."

Eine unangenehme Hitze herrschte im Raum, und Carol hätte lieber nicht in der Nähe des Feuers gesessen, doch das gebot die Höflichkeit. „Mein aufrichtiges Beileid zu Ihrem Verlust", sagte sie, während sie sich setzte. Er nahm ihre Kondolenz mit einem Kopfnicken entgegen.

Carol hätte nicht sagen können, ob Trauer oder Krankheit seine Züge so maskenhaft verhärmt hatten. Als läse er ihre Gedanken, erklärte Rule: „Ich habe mich sehr verändert, wie Sie sehen können." Seine Stimme hatte die frühere Resonanz eingebüßt und klang brüchig in dem großen Raum. „Meine Krankheit ist eine vorübergehende Sache, Kommissarin, ich bitte Sie, mein Aussehen nicht zu erwähnen – gegenüber niemandem."

„Selbstverständlich nicht."

„Ich vertraue auf Ihr Wort. Auch wenn ich mich auf dem Weg der Besserung befinde, würden meine Konkurrenten in der Geschäftswelt mit Freude die Lüge verbreiten, daß der alte Rule ins Gras beißt." Er hustete, ein rauhes Bellen, dann fuhr er sich mit dem Handrücken über den Mund und sagte: „Die Behandlung ist schlimmer als die Beschwerden. Deshalb sehe ich im Moment so schrecklich aus." Sichtlich erschöpft lehnte Rule sich zurück und schloß die Augen. „Erzählen Sie mir von dem Unfall."

„Sie haben unsere Berichte gesehen."

„Ja... Ja..." Er winkte müde ab. „Was ich möchte, ist Ihre Einschätzung, Kommissarin." Er öffnete die schweren Lider. „Sie gelten als eine der Besten bei der Kripo." Er lachte leise, verächtlich auf. „Nicht daß dies zwangsläufig eine tolle Empfehlung ist. Bestimmt wissen Sie, daß Martina ihre Differenzen mit Ihren Leuten hatte. Ich habe immer gefunden, daß Polizisten nicht zögern zu lügen, wenn es ihnen zupaß kommt."

Carol überging diese Bemerkung und schilderte knapp die Einzelheiten des Todes seiner Tochter und welche Schritte sie unternommen hatten, um den Vorfall zu untersuchen. Sie erklärte, daß sowohl Sid Hawkins, der Lastwagenfahrer, als auch Liam Doherty, der Zeuge, überprüft worden waren und unbescholtene Bürger zu sein schienen. Hawkins war ein selbständiger Handwerker, der sich mit Reparaturen den Lebensunterhalt verdiente. Doherty war in einem Elektrogroßmarkt beschäftigt. Nichts deutete darauf hin, daß die beiden sich kannten oder dem Opfer schon einmal begegnet waren.

Um jedem Aspekt nachzugehen, hatte Carol sogar nach dem Verbleib Henry Courtaulds geforscht, des Mannes, den Martina Rule krankenhausreif geschlagen hatte, woraufhin sie verhaftet worden war. Er war von seiner Kopfverletzung vollständig genesen und hielt sich in Großbritannien auf, wo er einen Kurs an der London School of Economics abschloß.

Rule, der während ihres Berichts die Augen geschlossen hatte, schlug sie jetzt auf und fragte: „Somit hegen Sie keinen Zweifel, daß der Staatsanwalt in der Verhandlung das Ganze als Unfall definieren wird?"

„Ich glaube, das wird das Fazit sein."

Er gab ein unverbindliches Grunzen von sich und sagte: „Ich habe Fred Verrell mit der Untersuchung betraut. Wußten Sie das?"

Fred Verrell, ein renommierter Privatdetektiv, war in Prominentenkreisen tätig. Er war eine schillernde Figur, trug stets seinen Pudel Nero unter dem Arm und war fast häufiger in den Schlagzeilen und im Mittelpunkt öffentlichen Interesses als etliche seiner berühmten Klienten.

„Mr. Verrell ist wegen des Todes Ihrer Tochter mit mir in Kontakt getreten." Carol verschwieg, wie sehr Verrell sich aufgeplustert und sie verärgert hatte. Sie war dem Privatdetektiv bereits in anderen Fällen begegnet und mißbilligte seine Vorgehensweise. Hatte er es mit jemand zu tun, der oder die mächtiger war als er, verhielt er sich stets servil, doch sobald er sein Gegenüber für weniger bedeutend hielt, versuchte er sofort die Leute mit Einschüchterungen unter Druck zu setzen. Sooft Carol bisher auf ihn getroffen war, war er entweder anzüglich gewesen oder hatte unverschämte Forderungen gestellt.

Offensichtlich hatte Rule etwas aus ihrem Ton herausgehört, denn er lachte auf. „Ein kleiner Bastard, wie? Aber sehr effektiv. Sicher, manchmal bewegt er sich am Rand der Legalität, doch er kriegt seinen Job getan, und das allein interessiert mich."

„Hat er Ihnen sein Ergebnis in diesem Fall mitgeteilt?"

Rule nickte. „Verrell ist Ihrer Ansicht. Er bestätigt, es war ein dummer Unfall. Martina war immer unvorsichtig. Geschützt durch mein Geld, hielt sie sich für unsterblich."

„Ich möchte Ihnen noch einmal mein Beileid aussprechen, Mr. Rule." Um das Gespräch zu beenden, rutschte Carol ungeduldig nach vorn auf die Sesselkante. „Ich glaube, mehr kann ich Ihnen nicht sagen."

Er schüttelte traurig den Kopf. „Sie haben recht. Der harten Tatsache, daß meine Tochter tot ist, ist nichts hinzuzufügen." Er drückte eine Taste der Sprechanlage. „Hector? Kommissarin Ashton möchte gehen."

Als Carol aufstand, blickte er sie forschend an. „Sie haben Ihre Eltern wohl nie enttäuscht, oder?"

„Ich hoffe nicht."

Er grunzte. „Ich hege keine Illusionen, was meine Tochter betrifft, Kommissarin. Meine Frau starb, als Martina zehn Jahre alt war. Ich habe soviel Zeit mit Martina verbracht, wie meine Geschäfte erlaubten, dennoch muß ich zugeben, daß ich sie vernachlässigt habe. So wurde sie habgierig und undankbar. Geld, Geld, Geld – das war alles, was sie von mir wollte. Und ich gab ihr, wonach sie verlangte."

Wie zu seiner Verteidigung fügte er nach einer Pause hinzu: „Seit mein Sohn vor vielen Jahren verschwand, war Martina mir als einzige von der Familie geblieben."

Carol erinnerte sich vage an die Geschichte: Eric Rule war auf mysteriöse Weise in einem abgelegenen Winkel Australiens verschwunden. Sein Vater hatte eine Riesenbelohnung ausgesetzt und umfangreiche Suchaktionen finanziert – umsonst, eine Spur seines Sohnes wurde nicht gefunden.

Rule räusperte sich. „Es ist sehr hart, wenn deine Kinder vor dir sterben. Sehr hart."

Carol dachte an ihren Sohn David, und es gab ihr einen Stich. Er war jetzt ein Teenager, der – typisch für Jungen seines Alters – glaubte, ihm könne nichts passieren. „Sie haben mein tiefstes Mitgefühl, Mr. Rule", sagte sie und hoffte, er hörte, daß ihr diese allgemeinen Worte ernst waren.

Er lächelte, und sie erkannte ansatzweise den früher so robusten Thurmond Rule wieder. „Vielen Dank, Kommissarin, ich weiß es zu schätzen."

Carols letztes Bild von ihm war das eines gebrechlichen Wesens, versunken in einem massiven Lehnstuhl. Zwei Wochen später starb Rule im Schlaf an den Folgen seiner Krebserkrankung. In hymnischen Nachrufen lobten selbst seine früheren Feinde den erfolgreichen, mächtigen Geschäftsmann, den sie gefürchtet und beneidet hatten.

Die Medien nahmen die Gelegenheit wahr, das rätselhafte Verschwinden Eric Rules wieder in die Schlagzeilen zu bringen. Der Sohn hatte wenig Interesse für das Geschäftsimperium seines Vaters aufgebracht. Er war Naturforscher geworden mit dem Spezialgebiet Arterhaltung. Martina Rule war drei gewesen, als ihr zweiundzwanzigjähriger Halbbruder, das einzige Kind aus Thurmond Rules erster Ehe, sich mit einer wissenschaftlichen Expedition in die unwirtliche Gibson-Wüste nach West-Australien begab, um ein seltenes Reptil, das Great Desert Skink, in seinem Umfeld zu erforschen. Eric wurde allein an einem Punkt der Wildnis abgesetzt, wo er Kameras und Mikrofone installierte. Es war einer von mehreren Beobachtungsposten, die von den Expeditionsteilnehmern aufgebaut wurden. Ein Sandsturm, mit dem niemand gerechnet hatte, kam auf und blies so heftig, daß Eric erst Stunden später abgeholt werden konnte. Als das Wüstenfahrzeug zum Beobachtungsposten gelangte, war von Eric Rule nichts zu sehen. Sofort wurde ein Suchtrupp losgeschickt, doch der Sturm hatte sämtliche Spuren verweht, die Eric oder ein Fahrzeug womöglich in dieser Gegend hinterlassen hatten.

Thurmond Rule hatte sich die Suche nach seinem Sohn einiges kosten lassen, umsonst. So war Eric Rule vor zwanzig Jahren in den welligen Sanddünen der Gibson-Wüste verschollen, ohne daß man ihn je wiedersah. In den folgenden Jahren waren hin und wieder Artikel erschienen, oder die Geschichte wurde im Fernsehen neu aufbereitet. Anschließend behaupteten stets eine Menge Leute, von Schweden bis Chile, Eric Rule gesehen zu haben, und erhoben Anspruch auf die noch immer bestehende Belohnung. Theorien über Erics Verbleib wurden aufgestellt: Einmal war er von Außerirdischen entführt worden, dann lebte er als Vater von sechs Kindern unter falschem Namen in Blackpool, England, oder war in der Wüste verscharrt worden – als Opfer eines Serienmörders, der sich verirrt hatte.

Vor mehr als einem Jahrzehnt war Eric offiziell für tot erklärt worden, damit war Martina die einzige direkte Blutsverwandte von Thurmond Rule. In seinem Testament und letzten Willen bestimmte er seine Tochter zur Alleinerbin seines gesamten Besitzes. Da Martina Rule aber vor ihrem Vater gestorben war und er sein Testament nicht geändert hatte, existierte bei seinem Tod kein gültiges Testament.

Rules einzige Schwester war schon mit zwölf Jahren an Leukämie gestorben. Seine erste Frau war tot, seine zweite ebenfalls. Da es keine engen Verwandten gab, die das Erbe hätten antreten können, verfügte das Nachlaßgericht, Rules Anwaltskanzlei sollte als Treuhänder fungieren und nach entfernten Verwandten suchen, die Rules Milliardenvermögen beanspruchen könnten. Das erregte natürlich großes Medieninteresse, und die Suche machte überall Schlagzeilen.

Auch wenn Carol die Geschichte nicht explizit verfolgte, nahm sie in den folgenden Monaten doch am Rande die erstaunliche Anzahl von Erben zur Kenntnis, die in der Presse auftauchten und behaupteten, mit dem Multimillionär verwandt zu sein. Die meisten wurden praktisch sofort von Slessor, Slessor, Dunkling und Gold, den Anwälten Thurmond Rules, abgewiesen. Das war eine alte, etablierte Kanzlei mit untadeligem Ruf. In allen großen Zeitungen Australiens, der Vereinigten Staaten und Großbritanniens waren Anzeigen geschaltet, da Rules Mutter Schottin, sein Vater Amerikaner gewesen war.

Carol fand diese ausgedehnte Suche nach den Rule'schen Erben nur mäßig unterhaltsam und hatte nicht viele Gedanken an die Sache verschwendet, bis ein Anruf aus den Vereinigten Staaten kam. Sie war früh ins Büro gefahren, da sie am Abend zuvor mit der nach Hause mitgenommenen Arbeit nicht recht vorangekommen war.

Ich hätte Rens Angebot annehmen sollen, dachte sie, während sie ihren prallen Aktenkoffer auspackte. Die Möglichkeit, bei einer überaus erfolgreichen Privatdetektei als gleichberechtigte Partnerin einzusteigen, hatte sie sehr gereizt, aber am Ende hatte sie sich doch entschieden, bei der Kripo zu bleiben. Als Polizistin hatte sie Autorität und Macht, die normale Bürger nicht genossen. Carol war nicht bereit, auf die Privilegien zu verzichten, die ihre Position ihr gab. Trotzdem fragte sie sich manchmal, ob sie sich richtig entschieden hatte.

Carol hatte sich ausgerechnet, mindestens eine Stunde ohne Unterbrechung arbeiten zu können, und sich gerade mit großem Elan daran gemacht, wenigstens heute den Papierkrieg zu gewinnen, als das Telefon klingelte. Resigniert seufzend nahm sie ab.

Noch bevor sie sich melden konnte, trompete eine Männerstimme: „Ist dort Kommissarin Ashton? Carol Ashton?“ Die Stimme klang ungeduldig.

„Hier spricht Carol Ashton.“

„Chuck Inman, ich rufe aus Houston in Texas an. Australien ist weit abgeschlagen, nicht? Wie viele Stunden – zwölf, vierzehn? – liegt ihr zurück?“

Mit einiger Genugtuung erklärte Carol: „Genau gesagt, Mr. Inman, liegt Australien vor Houston, Texas. Wir sind einen Tag weiter.“

„Ach? Tatsächlich? Wie dem auch sei, ich habe eine Information, die Sie gern wissen würden.“

„Und die bezieht sich auf...?“

„Thurmond Rule. Den Aussiemilliardär. Sie können sich gar nicht vorstellen, wie schwer es war, an Ihren Namen zu kommen. Sie haben die Untersuchung im Todesfall seiner Tochter geleitet, nicht?“

„Ich habe den tödlichen Unfall von Martina Rule untersucht. Rufen Sie mich deshalb an?“

„Indirekt. Wissen Sie, da Martina aus dem Weg ist, bin ich einer der Erben Rules.“ Inman lachte auf. „Bevor Sie sagen: ‚Ach ja?‘, will ich Ihnen versichern, daß ich im Gegensatz zu den Möchtegernen der richtige bin.“

Carol blickte gereizt auf den Papierstapel vor ihr. Sie mußte vor der Budgetsitzung unbedingt noch einige Dinge durchgehen. „Ich glaube, Sie sollten sich an Mr. Rules Anwälte wenden. Sie befassen sich mit dem Besitz. Ich gebe Ihnen gern die Kontaktnummer.“

„Hab' ich schon, war ich schon“, erklärte er ungehalten. „Dies hier ist etwas anderes.“

„Eine Sache der Polizei?“

„Wenn Sie Mord für eine Sache der Polizei halten, ja.“

3

Später am Morgen, während sie auf Mark Bourkes Rückruf wartete, der Chuck Inman und dessen Leumund überprüfte, unternahm Carol einen neuen Versuch, die Bereiche auszuloten, in denen sich noch Einsparungen vornehmen ließen. In allen Abteilungen mußte gespart werden, und da die Polizei einen großen Brocken des Staatshaushalts ausmachte, waren dringende Anweisungen, alle Einsparstrategien auszureizen, auf Carols Ebene durchgereicht worden.

Ständig wurde sie von Telefonaten unterbrochen, und als es schon wieder läutete, griff sie ungeduldig nach dem Hörer und meldete sich unwirsch: „Carol Ashton.“

„Hoffentlich schlägst du nicht immer solche Töne an, Carol.“

Carol grinste. „Tante Sarah. Du bist zurück!“ Sie sah ihre relativ mollige Tante vor sich, wie sie in einem ihrer quietschbunten Overalls auf Carols Terrasse hinter dem Haus in der durch die Bäume fallenden Sonne saß. Sie würde ein paar Tage bleiben, ehe sie in die Blue Mountains heimkehrte.

„Eine tolle Reise. Äußerst erfolgreich, in jeder Weise.“

„Und man hat dich nicht verhaftet?“ fragte Carol.

Sie bekam ein verächtliches Schnauben zur Antwort. „Carol, du machst dir viel zuviel Sorgen. Die Ökohexen hatten zwar ein kleines Abenteuer in Thailand, das muß ich zugeben, als Lillian von einem übereifrigen Beamten abgeführt wurde. Aber wir haben sie bald zurückgekriegt, völlig unversehrt.“

Vor kurzem erst hatte Tante Sarah eine Brustkrebsoperation überstanden und kaum die Nachuntersuchung hinter sich gebracht – zum Glück ohne Befund –, da hatte sie schon mit den Mitgliedern ihrer Ökogruppe, den Ökohexen, eine Südostasienreise angetreten in der Absicht, zu expandieren und eine internationale Organisation grauer Pantherinnen zur Rettung der Umwelt aufzubauen.

Carol hatte ernste Bedenken gegen die Reise gehegt, nicht wegen der Gesundheit ihrer Tante – die wieder ganz die energiegeladene alte war. Das Problem war vielmehr Tante Sarahs Begeisterung für öffentliche Demonstrationen. Obschon einige Male verhaftet, war ihre Tante jedesmal strahlend zurückgekehrt und hatte es eher als Ehre empfunden. Alle Geschichten, die Carol ihr über die Hölle ausländischer Gefängnisse erzählte, waren an Tante Sarah abgeperlt, die gutgelaunt die Bedenken beiseitewischte: „In Asien ehrt man die alten Frauen. Die westlichen Länder sollten sich ein Beispiel nehmen.“

Sie unterhielten sich kurz, dann sagte Tante Sarah: „Du bist beschäftigt, wie immer, deshalb will ich dich nicht aufhalten. Bis heute abend dann. Wir können zum Essen gehen, denn du hast wieder nichts in den Schränken, Carol, und wie immer glänzt die gesunde Nahrung durch Abwesenheit."

„Ich kann ja auf dem Heimweg was einkaufen."

„Hol mich erst ab", sagte ihre Tante. „Ich trau dir nicht, daß du die richtigen Sachen kaufst."

Als Carol auflegte, kam Mark Bourke in ihr Büro. „Wunder über Wunder, daß sie noch immer lebt, Carol", mimte er den Überraschten.

Beide musterten die Pflanze auf der Fensterbank, deren üppige grüne Blätter glänzten und gesund wirkten, obwohl das Nebengebäude den direkten Lichteinfall verstellte.

„Wieso sollte sie nicht?" fragte Carol. „Schließlich gieße ich sie regelmäßig. Außerdem, wie meine Tante Sarah zu sagen pflegt, einen Philodendron kannst du nicht umbringen."

Bourke warf die Hände hoch. „Dieses giftige Arbeitsumfeld sollte die stärkste Pflanze umhauen. Es ist schon ein Wunder, daß *wir* überleben,"

„Ich würde mich gern mit dir weiter über das Wohl von Zimmerpflanzen unterhalten, Mark, aber ich habe gleich eine Budgetsitzung. Also schieß los. Was hast du herausgekriegt?"

Bourke zog sein unvermeidliches Notizbuch hervor und schlug es auf. „Hab' bei Slessor, Slessor, Dunkling und Gold nachgefragt. Chuck Inman ist amerikanischer Staatsbürger. Er ist als Anspruchsberechtigter registriert und hat offenbar gute Chancen, als Verwandtschaft in Frage zu kommen. Wie es scheint, war sein Urgroßvater mütterlicherseits ein Rule. Außerdem war eine gewisse Fancee Porter aus Austin, Texas, registriert. Nach einigem Hin und Her ist es mir gelungen, Ambrose Slessor zu sprechen. Das ist der zweite Slessor – der erste, sein Vater, ist längst verstorben. Jedenfalls versicherte Slessor mir, er hätte nicht gewußt, daß Ms. Porter tot ist."

„Und was sagt man in den Staaten?"

Bourke grinste. „Einiges. Sowohl bei der Polizei in Houston als auch in Austin ist Charles James Inman bestens bekannt. Er hat ihnen wegen Fancee Porter die Hölle heiß gemacht. Er fand ihren Tod ziemlich verdächtig, aber die wollten nichts davon wissen. Die Polizei in Austin sagt, es war ein Verkehrsunfall, selbst verschuldet und ohne Beteiligung anderer. Sie hatte in einer Bar getrunken und war dann auf dem Heimweg von der Straße abgekommen und gegen einen Baum geprallt."

„Offensichtlich weiß Inman das besser."

„Ich an seiner Stelle würde den Mund halten", erklärte Bourke. „He, wenn ich Erbe eines Vermögens wäre und eine weitere Erbberechtigte käme um, würde ich denken: Na fein, eine Konkurrentin weniger um die Kohle."

Wie bestellt, läutete das Telefon, und Chuck Inmans Stimme dröhnte durch die Leitung: „Kommissarin Ashton? Sie hatten Zeit zum Nachprüfen, jetzt wissen Sie also, daß ich die Wahrheit gesagt habe."

Carol stellte auf Lautsprecher, damit Bourke mithören konnte. Sie sagte: „Eine Frau namens Fancee Porter kam letzte Woche bei einem Autounfall in Austin ums Leben. Thurmond Rules Treuhänder haben bestätigt, daß sie als Anspruchsberechtigte für den Besitz registriert war. Damit ist allerdings nicht klar, warum die Mordkommission hier in Sydney sich mit der Sache befassen sollte."

Inman seufzte gereizt. „Haben Sie mir denn heute morgen nicht zugehört? Dann sage ich es jetzt ganz klar: Jemand verfolgt den Plan, die Mitbewerber aus dem Feld zu schlagen – einen nach dem anderen. Zuerst Martina Rule, dann Fancee Porter. Weiß Gott, wer als nächster dran ist." Und zornig fügte er hinzu: „Es könnte ja *mich* treffen."

Carol sah auf die Uhr. Ihre Sitzung begann in fünfzehn Minuten, und sie hatte noch nicht die Unterlagen durchgesehen. In scharfem, endgültigem Ton erklärte sie: „Mr. Inman, wenn Sie stichhaltige Beweise haben, daß Sie in Gefahr sind, sollten Sie sich an die Behörden Ihres Landes wenden."

„Ich habe nichts Stichhaltiges. Noch nicht." Und eine Spur aggressiver fügte er hinzu: „Wollen Sie mir damit sagen, daß Sie nicht die Absicht haben, etwas zu unternehmen, Kommissarin? Was ist mit Fancee Porters Mörder? Ist es denn nicht Ihre Pflicht, einen Mord zu untersuchen?"

Bourke schnitt ein Gesicht und rollte die Augen. Carol grinste über seinen Flunsch, aber ihre Stimme war ernst, als sie erwiderte: „Selbst wenn Ms. Porters Tod sich als Mord erweisen sollte, Mr. Inman, ist die Mordkommision in Sydney nicht nur nicht zuständig, sondern auch nicht berechtigt, sich der Sache anzunehmen. Ms. Porter war amerikanische Staatsbürgerin, sie kam nicht in Australien zu Tode. Es obliegt einzig und allein der Polizei in Austin, der Sache nachzugehen."

Inman war unbeeindruckt. „Dann warten Sie mal, bis sie in Australien sterben", sagte er. „Dann sind Sie bestimmt interessiert."

***

Carol kam sehr irritiert von ihrer Budgetsitzung zurück. Kriminalrat Edgar hatte, wie gewöhnlich, an ihre Loyalität appelliert und in diesen schweren Zeiten Opfer verlangt. Jedes Kommissariat sollte weitere Einsparmöglichkeiten benennen – ohne Absenkung des Leistungsniveaus. Überstundenzulagen und Reisekosten sollten strikt begrenzt werden. All das vor dem Hintergrund ohnehin unzureichender Haushaltsmittel, wie Carol fand, da die Lasten der Terrorismusbekämpfung beträchtlich gewachsen waren. Wie in allen anderen Abteilungen wurden die Mittel für die Mordkommission streng kontrolliert. Detaillierte Kostenpläne wurden verlangt und geprüft, jede Extraausgabe mußte von Edgar genehmigt werden. Carol war überzeugt, daß das ganze System ein einziger Verwaltungsalptraum war.

Sie war freudig überrascht, in ihrem Büro Leota vorzufinden, die ihr entgegenlachte, ein strahlendes Weiß in dem schwarzen Gesicht.

„Leota! Wie schön. Zuerst kehrt Tante Sarah gesund von der Reise zurück, und jetzt bist du hier."

Leota kam auf sie zu und umarmte sie rasch. „Ich habe etwas Wichtiges mit dir zu besprechen."

„Wann mußt du nach Canberra zurück?"

Während ihrer Fortbildung im US-amerikanischen Quantico hatte Carol Leota kennengelernt, eine ranghohe FBI-Agentin. Es hatte sofort zwischen ihnen beiden gefunkt. Daraufhin hatte Leota ihre Versetzung nach Australien betrieben, wo sie als Verbindungsglied in der Terrorismusbekämpfung zwischen den beiden Staaten fungierte. Sie kehrte regelmäßig zu Lagebesprechungen in die Staaten zurück, und ihre Operationsbasis in Australien war Canberra, insofern beschränkte sich ihre Zeit mit Carol auf ein paar Tage hier, ein paar Tage dort.

„Ich kann drei Tage in Sydney bleiben. Ich bin heute richtig erledigt, deshalb will ich am Abend gleich im Hotel ins Bett, aber wie wär's morgen mit Abendessen?"

„Abgemacht. Aber spann mich nicht auf die Folter – was willst du mit mir besprechen?"

Leota sah sie lange forschend an. „Ich bin in die Staaten zurückgerufen worden."

„Zurückgerufen?" Und als sie Leotas ernstes Gesicht sah, fügte Carol hinzu: „Du meinst auf Dauer?"

„So sieht es aus."

„Wann?"

„Bald. Ich muß meine Nachfolge noch einarbeiten, insofern sind es etwa zwei bis drei Monate."

Carol setzte sich. „Das kompliziert die Dinge."

Leota beugte sich vor und küßte sie auf die Wange. „Laß uns das morgen besprechen."

Als sie gegangen war, starrte Carol nachdenklich vor sich hin. Es war ja nicht so, daß Leota diesen Gedanken eines Rückrufs in die Staaten nicht schon früher artikuliert hatte, aber Carol hatte ihn immer beiseitegeschoben, solange die Sache nicht spruchreif war.

Offensichtlich war es jetzt soweit. Und sie mußte Entscheidungen fällen – Entscheidungen, die ihr widerstrebten.

***

Obwohl Chuck Inmans Theorie, daß jemand die Erben in spe aus dem Weg räumte, Carol nicht einleuchtete, nagte die Sache an ihr. Sie sah Thurmond Rule wieder vor sich, wie sie ihn zuletzt gesehen hatte, ausgezehrt durch den Krebs, körperlich verfallen. Kein Familienmitglied hatte die Einsamkeit seiner letzten Tage gelindert. Er starb umgeben von Leuten, die er für ihre Anwesenheit bezahlte. Eigentümlicherweise empfand Carol eine gewisse Verantwortung dem toten Mann gegenüber. Sie suchte nach einer Telefonnummer, zögerte, dann rief sie an.

Zunächst wurde sie höflich und gründlich ausgequetscht, ehe der persönliche Assistent ihr am Nachmittag einen Termin bei Mr. Slessor gewährte. Sie arbeitete die Mittagspause durch, um ihr leises Schuldgefühl zu besänftigen, weil sie ihre wertvolle Zeit mit einer solchen Nichtigkeit vergeudete.

Slessor, Slessor, Dunkling und Gold residierten in einem historischen Sandsteingebäude in der Philip Street. Die Eleganz der Fassade wiederholte sich in den Kanzleiräumen, die von geschmackvollem Understatement zeugten. Es war eine Atmosphäre dezenter Vollkommenheit, als reflektiere die unprätentiöse, aber eindeutig kostbare Ausstattung den sichtlichen Erfolg der Firma.

Carol wurde von einer Frau mittleren Alters, die vor ihr über den dicken Läufer zu gleiten schien, in Ambrose Slessors Büro geführt. Der Anwalt erhob sich und begrüßte sie mit einer für seinen zierlichen Körper erstaunlich resonanten Baßstimme. Slessors Anzug mit dem gedeckten Streifen und der Krawatte einer exklusiven Privatschule war genau die Uniform, die bei einem Mann in seiner Position zu erwarten war. Er hatte eine schmale, feingliedrige Gestalt mit schlankem Hals und übergroßem Kopf, sein Oberlippenbärtchen war so schmal, daß er wirkte, als sei er mit einem Augenbrauenstift aufgemalt.

„Was kann ich für Sie tun, Kommissarin Ashton?“ fragte er, sobald sie sich in seinem traditionell eingerichteten Büro mit dunkel gebundenen juristischen Werken in den Regalen und geschmackvollen Radierungen undefinierbarer Gegenstände an den Wänden niedergelassen hatten.

„Um ehrlich zu sein, Mr. Slessor, ich bin mir nicht sicher. Vielleicht haben Sie gehört, daß ich die Untersuchung im Todesfall Martina Rules geleitet habe.“

Slessors Kopf wippte auf dem stockähnlichen Hals. „In der Tat. Mr. Rule erwähnte bei einer Gelegenheit, wie zufrieden er war, daß Sie eine mustergültige Untersuchung durchgeführt haben.“

„Heute morgen erhielt ich einen Anruf von einem gewissen Chuck Inman aus Houston, Texas.“

„Ach ja, Mr. Inman.“

Bei Slessors skeptischem Ton mußte Carol grinsen. „Ich nehme an, Mr. Inman hat Ihnen seine Verschwörungstheorie schon unterbreitet?“

„Hat er, allerdings. Offen gesagt, habe ich seinen Ideen nicht viel abgewinnen können. Die ganze Sache erschien mir allzu paranoid.“

„Da bin ich Ihrer Meinung“, sagte Carol. „Trotzdem – auch wenn die Untersuchung ergeben hat, daß Martina

Rules Tod ein Unfall war – habe ich das Gefühl, mich vergewissern zu müssen, daß es keine offenen Fragen gibt."

„Ausgezeichnet!" Offene Fragen schätzte Slessor anscheinend nicht. „Man kann gar nicht vorsichtig genug sein, finde ich."

„Ich glaube, Ihre Firma ist die Clearingstelle für alle Ansprüche auf den Rule'schen Besitz."

„Das ist richtig. Das Nachlaßgericht hat uns die Aufgabe übertragen, die Spreu vom Weizen zu trennen." Er schnaubte leise, was, wie Carol annahm, seine Art zu lachen war, dann bemerkte er: „Wenn ich mir eine Bemerkung erlauben darf, Kommissarin, es gibt sehr viel Spreu und sehr wenig Weizen."

„Mr. Inman ist Weizen?"

Er faltete seine kurzfingerigen Hände auf der Schreibunterlage vor sich. „Das ist denkbar", sagte er mit juristischer Vorsicht.

„Und Fancee Porter?"

„Wie es schien, war sie eine rechtmäßige Verwandte."

„Und abgesehen von diesen beiden, gibt es andere, die berechtigte Ansprüche auf den Besitz zu haben scheinen?"

„Gibt es", räumte er ein.

„Darf ich fragen, wie viele?"

Slessor spitzte die Lippen und überdachte offensichtlich die Folgen der Antwort auf ihre Frage. „Ich kann natürlich keine Namen nennen..."

„Sind es zwei? Drei? Ich suche nur einen Anhaltspunkt."

„Im Augenblick sechs, abgesehen von Mr. Inman und Miss Porter." Er beugte sich mit ernstem Gesicht vor. „Es versteht sich von selbst, daß ich Sie um absolute Verschwiegenheit bitten muß."

„Wie stellen Sie fest, ob eine Person mit Thurmond Rule tatsächlich verwandt ist?"

Er blickte sie leicht verschnupft an, als habe Carol sich eine Kritik an der Vorgehensweise seiner Kanzlei erlaubt.

„Jeder Anspruch wird genauestens überprüft. Nicht nur von uns, wir arbeiten auch mit einer Ahnenforscherin zusammen und mit einer renommierten Privatdetektei, die jede Person auf den Verwandtschaftsgrad hin abklopft."

„Der Name der Detektei?" Als er zögerte, lächelte Carol ihn an. „Mr. Slessor, das kann doch bestimmt nichts sein, was Sie der Polizei verheimlichen wollen."

„Downing & Pate", antwortete er. „Sie haben gewiß von der Firma gehört."

Das hatte sie allerdings. Ren Downing von Downing & Pate hatte ihr ja erst unlängst die Teilhaberschaft angeboten, die sie abgelehnt hatte. „Ich kenne Ren Downing persönlich", sagte sie. „Es stimmt, daß seine Detektei höchstes Ansehen genießt."

Sichtlich befriedigt über diese Bestätigung lehnte sich Slessor in seinen Sessel zurück.

„Auch wenn es äußerst unwahrscheinlich ist", sagte Carol, „frage ich mich, ob es ein Muster unnatürlicher Todesfälle unter den Anspruchsberechtigten gibt?"

Slessors schmales Bärtchen verzog sich. „Wirklich, Kommissarin, ich bin sehr überrascht, daß Sie Mr. Inmans Fantasien Glauben schenken."

„Eine offene Frage, die vielleicht zu klären wäre, Mr. Slessor."

Einigermaßen beschwichtigt antwortete der Anwalt: „Unter diesen Umständen ist gegen eine allgemeine Bemerkung nichts einzuwenden. Im Verlauf eines normalen Lebens sterben die Leute. Von Miss Porters Tod in Austin wurden wir nicht offiziell unterrichtet, aber diese Information wird zweifellos noch erfolgen. Was nun die anderen Anspruchsberechtigten betrifft, ja, es hat in den vergangenen Wochen einen Todesfall gegeben." Er schüttelte seinen übergroßen Kopf. „Bedauerlicherweise nahm die Person sich selbst das Leben."

„Dieser mögliche Erbe, war er Australier?“

„O ja, er lebte hier in Sydney.“

„Sein Name?“ Sie hob abwehrend die Hand, noch ehe der Anwalt seinen Einwand vorbringen konnte. „Mr. Slessor, ich sollte die Möglichkeit haben, diese Sache abzuklären, bevor Chuck Inman sich womöglich an die Öffentlichkeit wendet.“

Amüsiert sah sie, daß sie einen Trumpf ausgespielt hatte. „An die Öffentlichkeit?“ wiederholte er voller Abscheu. Umstandslos nannte er ihr den Namen.

Als sie ging, stellte sie noch die Frage, über die sie sich die ganze Zeit den Kopf zerbrochen hatte. „Warum hat Mr. Rule sein Testament nicht geändert, nachdem seine Tochter gestorben ist?“

„Oh, glauben Sie mir, Kommissarin, mit Engelszungen habe ich auf ihn eingeredet, das zu tun.“ Er lächelte bedauernd. „Aber umsonst. Wäre es mir gelungen, befänden wir uns jetzt nicht in der unseligen Situation, auf das Nachlaßgericht angewiesen zu sein, das den beträchtlichen Besitz irgendwelchen für angemessen gehaltenen Anspruchsberechtigten übereignet. Leider war Mr. Rule nicht nur durch die Trauer um den Verlust seiner Tochter gebrochen, er stand außerdem die meiste Zeit unter starken Schmerzmitteln. Hinzu kam die Tatsache, daß er sich weigerte zu akzeptieren, daß er sterben würde...“

Slessors Ausdruck spiegelte den anwaltlichen Frust über seinen uneinsichtigen Klienten wider.

„Was geschieht, wenn die Erben dieses Vermögens sterben, bevor die Sache gerichtlich geregelt ist?“

„Genau gesagt, Kommissarin, in einer derart schwierigen Situation wie dieser ist *niemand* ein Erbe, solange das Gericht nicht explizit erklärt hat, daß sein Anspruch auf den Besitz zu Recht besteht. Sollte eine solche Person sterben, bevor das Gericht geurteilt hat, könnten seine oder ihre Verwandten ein juristisches Verfahren anstrengen, allerdings sind die Kosten nicht unbeträchtlich, und der Erfolg ist keineswegs sicher.“

Slessor blickte ostentativ auf seine goldene Armbanduhr. Carol erhob sich zuvorkommend. „Ich danke Ihnen, Mr. Slessor, für Ihre Zeit und Ihre Hilfe.“

„Bitte, zögern Sie nicht, mich anzurufen, wenn ich Ihnen irgendwie weiterhelfen kann.“

„Besten Dank“, antwortete Carol ironisch, denn seine Miene sagte ihr das genaue Gegenteil. So wie er die Augenbraue und das dünne Bärtchen verzog, war klar, daß Slessor hoffte, diese erste Begegnung möge auch die letzte sein.

***

„Anne?“

Anne Newsome sah von ihrem Schreibtisch hoch und grinste. „Ja, Boss?“

Die junge Kriminalwachtmeisterin war eine der vielversprechendsten Kriminalistinnen, die ihr je unterstellt waren. Aus dem klaren olivfarbenen Gesicht mit den kurzen braunen Locken sprach sichere Kompetenz. Nie hatte Carol sie fluchen hören, aber sie hatte keine Probleme, es ihren oft unflätigen Kollegen zu stecken. Außerdem war sie ungeheuer fit und auch durch ständige Berge von Arbeit belastbar, und sie erwies sich als wacher, analytischer Kopf. Besonders gefiel Carol, wie Anne ihre Vernehmungsstrategien weiterentwickelt hatte, vor allem bei schwierigen Zeugen. „Wie weit sind Sie in der Holland-Sache?“ fragte Carol.

„Ich habe gerade meinen Bericht geschrieben. Wenn man ein volles Geständnis hat, ist ja alles sehr einfach.“

Bei diesem Verbrechen waren Opfer und Täter dicke Freunde gewesen. Bei einem Gelage war es zu einem Streit und zu Handgreiflichkeiten gekommen, da hatte der eine zu einem scharfen Küchenmesser gegriffen. Es war eins dieser typischen Verbrechen, die Carol zu untersuchen hatte – im Streit wurden zwei Leben vernichtet, zwei Familien zerstört.

Carol reichte Anne eine dünne Akte. „Bisher gibt es noch keine Untersuchung, aber ein Mann namens Ian Stewart hat sich offensichtlich das Leben genommen. Eigentlich ist es Wally Fords Fall, aber ich habe ihn momentan an mich gezogen. Ich möchte, daß Sie sich die Akte ansehen, ein bißchen herumtelefonieren und mir dann Ihre Einschätzung geben."

„Sie glauben nicht an Selbstmord?"

„Vielleicht ist es das, wonach es aussieht, vielleicht existiert auch eine Verbindung zu anderen Todesfällen. Mehr sage ich nicht, Anne. Ich möchte Ihre unbeeinflußte Meinung."

„Und wenn ich etwas Verdächtiges finde?"

Carol grinste. „Dann wird die Sache höchst interessant."

***

Tante Sarahs energische Gestalt mit dem weißen Haarschopf wuselte durch die Gänge mit frischem Obst und Gemüse. Carol folgte mit dem Einkaufswagen, auf dem sich bereits mehr Eßbares türmte, als sie in einem Monat schaffen könnte. „Was für ein Unsinn, all das frische Gemüse zu kaufen, Tantchen", protestierte sie. „Ich komme gar nicht dazu, es zu essen."

„Wenn ich hier bin, ißt du Obst und Gemüse."

„Weil mir nichts anderes übrig bleibt."

„Spinat", sagte Tante Sarah, griff sich ein Bündel und musterte es genau. „Ganz ausgezeichnet." Sie sah Carol an. „Wann hast du das letzte Mal Spinat gegessen?"

„Ich kann mich nicht mehr erinnern."

„Ich glaube, es war bei meinem letzten Besuch, Carol."

Als eine andere Kundin, die offensichtlich die Unterhaltung mitangehört hatte, grinste, wechselte Carol rasch das Thema. „Ich glaube, du hast recht."

Sie gingen weiter zur Obstreihe. Ihre Tante prüfte eine Ananas, legte sie zurück und wählte eine andere. „Gedämpftes Gemüse“, sagte sie, „und danach frischen Obstsalat zum Abendessen, was hältst du davon?“

Carol blickte ihre Tante an und musterte kritisch deren Figur. „Ist es das, was du bei dir zu Hause ißt?“

„Himmel, nein. Ich würde mir eher Pasta mit einer leckeren Fleischsauce machen. Aber schließlich ist meine Kost auch ausgewogen, *deine* nicht.“ Sie grinste plötzlich. „Ach, na gut. Ich koche heute abend etwas Sündhaftes für dich. Aber morgen wird es ernst.“

„Morgen bin ich zum Essen nicht da, vielleicht komme ich gar nicht heim, wenn das okay für dich ist. Leota ist für ein paar Tage in der Stadt.“ Carol zögerte, dann fügte sie hinzu: „Man hat sie in die Staaten zurückgerufen.“

Tante Sarah legte die Mango hin. „Du meinst, sie kehrt für immer nach Amerika zurück?“

„Ja.“

Nach einer Pause fragte ihre Tante: „Hat Leota dich gebeten, mit ihr zu gehen?“

„Wir haben noch nicht darüber gesprochen.“

Offenbar hatte es Tante Sarah die Lust am Einkaufen genommen. „Laß uns gehen“, sagte sie.

Auf der Heimfahrt mied sie das Thema Leota und erzählte statt dessen aufgekratzt, daß das Porträt, das Yancey Blake von ihr gemalt hatte, für den renommierten Archibald-Preis nominiert worden war. Carol hatte das fast fertige Gemälde gesehen und war sich nicht sicher, ob es ihr gefiel, auch wenn sie es sehr beeindruckend fand. Die Künstlerin hatte Tante Sarah als engagierte Ökohexe vor Blumenhintergrund dargestellt. Sie wirkte energiegeladen und leidenschaftlich.

Carol hatte nur mit halbem Ohr dem Plaudern ihrer Tante zugehört, als ein Name sie aufhorchen ließ. „Was hast du gesagt?“

„Wie ungehörig, daß du nicht zuhörst, Carol. Ich sagte gerade, daß ich Sybil und Yancey den Vorschlag gemacht habe, zur Enthüllung meines Porträts eine Cocktailparty zu geben. Ich weiß, daß die Ökohexen schon darauf brennen, nach Sydney zu kommen." Und sich begeistert hineinsteigernd fuhr sie fort: „Wir könnten bei dieser privaten Ausstellung Spenden zur Erhaltung der Umwelt sammeln."

„Wir? Schließt du mich etwa ein? Ich weiß nicht, wo mir der Kopf steht vor lauter Arbeit."

„Da gibt's doch nicht viel zu organisieren, Carol. Nur ein paar Platten mit Häppchen und massenhaft Rot- und Weißwein." Tante Sarah blickte Carol mit treuherzigem Lächeln an. „Sybil und du, ihr beide könntet vielleicht die Sache miteinander ausknobeln."

„Auf keinen Fall."

„Ts, ts", bemerkte ihre Tante. „Ich dachte, du und Sybil, ihr wäret auf dem besten Weg, Freundinnen zu werden."

„Natürlich sind wir Freundinnen. Es ist nur so, daß ich überhaupt keine Zeit habe, eine Cocktailparty zu organisieren", sagte Carol im Bewußtsein, daß die erste Behauptung eher gelogen war, die zweite dafür die nackte Wahrheit.

Sybil hatte ihr früher soviel bedeutet. Und die Zeit hatte die seelischen Wunden bei Carol eben doch nicht ganz geheilt, wie das alte Sprichwort behauptet. Es hatte nichts mit der Tatsache zu tun, daß Sybil mit Yancey zusammen war. Es war einfach so, daß es sich als unmöglich erwiesen hatte, zwischen ihr und Sybil eine Freundschaft aufzubauen. Carol versicherte sich, daß sie es schließlich einige Male versucht hätte. Aber es hatte nicht funktioniert. Und das würde es auch nie. Egal, was Tante Sarah sich sehnsüchtig wünschte, Freundschaft konnte weder heute noch irgendwann sonst eine Option sein. Das Höchste, das Carol erwartete, war, sich aus der Ferne zu mögen.

4

Am nächsten Morgen war Carol ein wenig später dran als gewöhnlich, da sie im Krankenhaus gewesen war und Terry Roham besucht hatte. Es war ein Pflichtbesuch, schließlich war sie seine Chefin, dennoch stellte sie überrascht fest, daß sie dem jungen Kriminalwachtmeister gegenüber inzwischen freundlicher gesonnen war als früher, da hatte er ihre Geduld total auf die Probe gestellt.

Terry war schwer verletzt worden, als man ihn vorsätzlich über den Haufen gefahren hatte. Seine volle Genesung behinderte eine hartnäckige Infektion in dem gebrochenen Bein. Eine Zeitlang schien es, als hätte er sie überwunden, aber jetzt war die Infektion erneut ausgebrochen, und er lag wieder im Krankenhaus.

Terrys keckes Selbstvertrauen hatte durch diese Geschichte einen Knacks gekriegt. Seine Angst, er könne vielleicht doch nicht soweit gesund werden, um in den aktiven Dienst zurückzukehren, war für Carol unübersehbar. Sie redete ihm gut zu und richtete ihn ein bißchen wieder auf.

Sie dachte an Terry, als sie Anne Newsome zu sich ins Büro rief. Eine Rivalität mit Anne plus der Wunsch, Carol mit seinem Können zu beeindrucken, hatten Terry dazu verleitet, eine Konfrontation zu suchen, die ihn beinahe das Leben gekostet hatte.

„Ich war gerade bei Terry“, erklärte Carol, als Anne erschien.

„Eine ganze Clique von uns will ihn heute abend besuchen. Wie geht's ihm?“

„Terry verbirgt es, aber er fürchtet, daß es mit seiner Laufbahn bei uns vorbei ist. Unterstützen Sie ihn, Anne. Terry ist jung und stark, und es gibt keinen Grund, weshalb er nicht wieder ganz gesund werden sollte."

Anne schüttelte den Kopf. „Ich kann mir einfach nicht vorstellen, was für ein Gefühl es ist, so nah am Tod vorbeigeschrammt zu sein."

Carol kannte es. Es war eine Erfahrung, die sich nicht vermitteln ließ, dazu gab es nicht viel zu sagen. Sie wechselte zum Beruflichen über. „Sie haben sich die Akte Stewart angesehen. Was meinen Sie? Ist die Untersuchung hinreichend?"

Als Anne sich wand, fügte Carol hinzu: „Ich möchte, daß Sie ehrlich sind, Anne. Wenn ein Ermittlungsbeamter geschlampt hat, will ich das wissen."

Carol hielt nicht sehr viel von Inspektor Wally Ford. Sie fand ihn eigentlich für die Kripo ungeeignet. Er war nett, aber so faul, daß man ihm ständig im Nacken sitzen mußte.

Zögernd erklärte Anne: „Ich will mal so sagen, es war eine ziemlich oberflächliche Untersuchung, aber vielleicht braucht es ja auch nicht mehr. Ein simpler Selbstmord, wie er täglich passiert. Ich nehme nicht an, daß der Leichenbeschauer den Selbstmord von Stewart anzweifelt."

Carol hatte die Akte durchgesehen, ehe sie sie Anne übergab. Der Bericht beschrieb die Art, wie Stewart sich das Leben genommen hatte. Er hatte Valium mit Alkohol heruntergespült, und als die Tabletten zu wirken begannen und er sich benommen fühlte, hatte er sich eine Plastiktüte über den Kopf gezogen. Sie mit zwei dicken Gummibändern um den Hals zugeschnürt, damit keine Luft hereinkam. Dann, entweder bewußtlos oder noch halb bewußt, hatte er seinen letzten Sauerstoff in die Tüte ausgeatmet. Innerhalb weniger Minuten war er tot. Es war eine Methode, die ein britischer Schriftsteller einmal als „rationalen Selbstmord" propagiert hatte, wie Carol sich erinnerte.

Der Tote war von einem Freund namens John Hansen gefunden worden, nachdem Stewart nicht zu einer Verabredung mit ihm gekommen war. Stewart hatte friedlich auf seinem Bett gelegen. Eine kurze Notiz auf dem Nachttisch war seine letzte Kommunikation mit der Welt.

„Was sagt Ihnen Ihr Gefühl, Anne?"

Anne runzelte die Stirn. „Es ist vielleicht das, wonach es aussieht – Selbstmord. Stewart hatte was von einem Einzelgänger. Er war seit langem verwitwet, keine Kinder. Hatte kaum Freunde, lebte bei seiner Schwägerin Gaye Mason. Andererseits hatte er keine Depressionen, nicht das geringste Anzeichen davon, und der Freund, der ihn gefunden hat, gab zu Protokoll, er sei sehr überrascht, daß Stewart sich umgebracht hatte. Ich habe Ms. Mason angerufen, und sie sagt das gleiche – sie könne es einfach nicht glauben."

„Die nächsten Angehörigen sind oft überrascht", bemerkte Carol. „Sie wissen nicht, was die ihnen nahestehende Person tatsächlich denkt oder fühlt, wenn sie sich dann das Leben nimmt, sind sie völlig verblüfft."

„Sehen Sie sich diese Notiz an", sagte Anne. „Da ist nichts Originelles – sie ist so allgemein, wie's nur geht."

Carol blätterte die Seiten durch, bis sie auf die Fotokopie der letzten Worte von Stewart stieß. Nur die hingekritzelte Unterschrift war handgeschrieben – die mageren beiden Sätze waren ausgedruckt.

Tut mir sehr leid, aber ich kann's nicht mehr ertragen. Bitte, verzeih mir.

Unterzeichnet mit dem Vornamen: Ian.

„Er hat es in seinen Computer getippt und dann auf einem Laserdrucker ausgedruckt", sagte Anne. „Mich wundert, daß er die Zeile nicht per Hand geschrieben hat. Wieso soviel Mühe für dreizehn Wörter?"

„Sie haben Sie gezählt?"

Anne grinste. „Nicht gerade eine Glückszahl, dreizehn."

„In diesem Fall offensichtlich nicht", sagte Carol trocken. „Was ist mit der Unterschrift?"

„Gaye Mason sagt, es sei die Schrift ihres Schwagers, aber ein so kurzes Wort wie Ian kann nicht schwer zu fälschen sein."

„Somit ist Ihre Theorie...?"

„Eigentlich habe ich keine Theorie, bloß ein Gefühl, daß es vielleicht noch einige Fragen gibt, die gestellt werden könnten. Zum Beispiel, woher hatte Stewart das Valium?"

Carol blätterte ein paar Seiten weiter und runzelte die Stirn über Wally Fords sparsame Dokumentation. „Er hatte kein ärztliches Rezept dafür?"

„Anscheinend nicht. Da waren noch ein paar Valiumtabletten in einer unbeschrifteten Flasche auf dem Nachttisch, aber kein Hinweis, wo die herkamen."

„Vielleicht von der Schwägerin?"

Anne schüttelte den Kopf. „Keinesfalls. Ich habe sie nämlich gefragt, als ich anrief. Sie hat es mit Naturheilkunde. Verschreibungspflichtige Pharmapräparate kämen ihr nicht ins Haus."

„Ich werde mit Wally reden", sagte Carol. „Vielleicht hat er Informationen notiert, die er im Bericht weggelassen hat."

***

„Da gibt's keinen Zweifel, Stewart hat sich umgebracht", erklärte Wally Ford. „Es steht alles in meinem Bericht." Er gähnte herzhaft und streckte sich. Er war muskulös, aber um die Taille gut gepolstert. „Daß die Kerze von beiden Seiten brennt, muß einfach aufhören." Er lächelte selbstgefällig.

Carol hatte bis zum späten Vormittag warten müssen, um Ford zu erwischen, der es offenbar nicht für nötig hielt, pünktlich zu sein, wenn sein Chef aus familiären Gründen Urlaub nahm.

„In Ihrem Bericht steht sehr wenig", sagte Carol in so scharfem Ton, daß er mit den Lidern klapperte. Sie blätterte eine paar Seiten auf. „Das blanke Minimum."

„Was gibt's sonst noch zu sagen?" fragte Ford gekränkt. „Der Typ hat sich umgebracht. Es ist eine Tragödie und so, aber doch kein Grund, sich deshalb auf den Kopf zu stellen."

„Ihre Notizen", sagte Carol. „Ich möchte sie sehen."

„Es ist nichts in meinen Notizen, was nicht da drin steht." Er deutete auf den dünnen Schnellhefter in Carols Hand. „Was soll das ganze Theater?"

„Der Mann hat sich mit Scotch, verschreibungspflichtigem Valium und einer Plastiktüte umgebracht", sagte Carol. „An den Alkohol und die Plastiktüte kommt man einfach heran, aber woher hatte Stewart das Valium? Er hatte kein ärztliches Rezept dafür."

„Weiß nicht. Geklaut, gepumpt, auf der Straße gekauft..."

Seine Einstellung war ebenso lau wie seine Ermittlungsarbeit. Carol blickte ihn angewidert an. „Und die letzten Worte, die Stewart hinterließ?" fragte sie. „Allgemeine Klischees, die nichts aussagen."

„He", wehrte sich Wally Ford, „wir können ja schließlich nicht alle Shakespeare sein, wissen Sie."

***

Es wurde immer später. Carol wollte noch nach Hause fahren, duschen und sich umziehen, bevor sie Leota traf. Den ganzen Nachmittag war ihr im Kopf herumgegangen, was sie sagen oder nicht sagen könnte. Einerseits konnte sie sich nicht vorstellen, Australien zu verlassen oder den Beruf als Ermittlerin, ihre Karriere bei der Kripo aufzugeben – andererseits fand sie den Gedanken an ein anderes Land, das sie zwar kannte, das aber dennoch ein fremdes war, und an einen möglichen neuen Tätigkeitsbereich nicht ohne Reiz.

Sie starrte auf die Akten in ihrem Eingangskorb. Es kam ihr vor, als nähme sie jeden Abend dieselben mit nach Hause und brächte sie am nächsten Morgen zurück. Sie sah, daß in ihrer kurzen Abwesenheit vom Büro eine neue Akte hinzugekommen war, auf der ein Zettel klebte: *Dringend. Budgetierungsvorschläge.*

Sie fluchte, was unabsichtlich genau mit dem Eintritt des Polizeichefs zusammenfiel.

„Kommissarin Ashton... Carol. Komme ich ungelegen?"

„Keineswegs, Herr Direktor."

Carol hatte eine ausgesprochen gute Beziehung zum ehemaligen Kripochef, der in vieler Hinsicht ihr Mentor gewesen war. Sie hatte noch immer ein gutes Gefühl ihm gegenüber, ein ansehnlicher Mann mit politischem Gespür und dem Ruf eines hartgesottenen Machers. Dies waren nützliche Attribute für einen Spitzenjob, doch das überzeugte sie noch nicht davon, daß er die Führungspersönlichkeit war, die so dringend gebraucht wurde.

Der Polizeichef vergeudete keine Zeit mit Höflichkeiten. Er setzte sich, wartete, bis sie in ihrem Sessel hinter dem Schreibtisch Platz genommen hatte, und sagte: „Ein alter Freund hat mich angerufen, Ambrose Slessor. Ich glaube, Sie haben ihn heute nachmittag aufgesucht. Es ging um den Rule'schen Besitz."

Carol verzog insgeheim das Gesicht. Sie hätte sich denken können, daß der Polizeichef mit dem Prinzipal einer der renommiertesten Anwaltskanzleien Sydneys befreundet war.

„Ich war bei Mr. Slessor", erklärte sie, „weil mich heute morgen ein Amerikaner namens Charles James Inman, der Anspruch auf das Erbe erhebt, aus Houston anrief, er hätte eine Information über eine andere Anspruchsberechtigte, die letzte Woche bei einem Autounfall in Texas ums Leben gekommen ist. Trotz der Tatsache, daß die polizeiliche Untersuchung eindeutig einen Unfall mit Todesfolge ergab, an dem kein weiteres Fahrzeug beteiligt war, behauptet Inman, daß es Mord war. Seiner Theorie nach hat es der große

Unbekannte auf die Rule'schen Erben abgesehen, einen nach dem anderen."

Er nickte mit ungerührtem Gesicht. Sie fuhr fort: „Mr. Slessor erwähnte, daß noch jemand auf der kurzen Liste der Erbberechtigten tot sei, ein Selbstmörder hier in Sydney. Der Tod dieser zweiten Person spielt vielleicht nur zufällig hier hinein, trotzdem untersuche ich die Sache."

„Diese Untersuchung wird Teil eines größeren Ermittlungsverfahrens sein."

„Eines größeren Ermittlungsverfahrens?" wiederholte Carol überrascht.

„Ich werde es noch heute veranlassen. Dies wird für die Medien das gefundene Fressen werden, deshalb brauche ich eine wie Sie, die mit Feingefühl die Flammen austritt. Zunächst ist Inman unser Problem. Er rief vorhin bei Slessor an und warf ihm vor, die Erbschaftsangelegenheit ganz falsch anzufassen. Er machte einige unbesonnene Bemerkungen über die Integrität der Kanzlei und behauptete, Slessor wüßte mehr über den Tod von Martina Rule, als er herausließ. Inman sagte, daß er nach Sydney flöge, um sich einen Anwalt zu suchen, der seine Interessen wahrnähme."

„Vielleicht empfiehlt sich das, wenn Milliarden auf dem Spiel stehen", sagte Carol nachsichtig.

Er grunzte. „Ich halte den Yankee nicht für einen schüchternen Rentnertyp. Er wird in der Presse soviel Staub aufwirbeln, wie er kann. Ich verlasse mich auf Sie, daß Sie die Situation im Griff haben."

Bei ihrem Berg an Arbeit war das unmöglich. „Herr Direktor, ich –"

„Ich bin noch nicht fertig. Thurmond Rule war ein enger Freund meiner Familie. Meine Tochter und seine haben dieselben Schulen besucht. Sollten Verbrechen begangen worden sein, will ich das wissen. Ich ziehe Sie von allen anderen Fällen ab und gewähre Ihnen jede Hilfe, die Sie brauchen, um die Ermittlungen in Gang zu setzen. Das schließt eine Untersuchung des Todes von Thurmond Rule mit ein, auch wenn ich nicht daran zweifle, daß es ein natürliches Ende war. Überprüfen Sie auch noch einmal den Tod von Martina. Untersuchen Sie diesen Selbstmord. Tun Sie außerdem alles, was notwendig ist. Sollte an der Theorie dieses Yankees irgendwas dran sein, verlasse ich mich darauf, daß Sie es finden."

Der Polizeichef stand auf. „Erstatten Sie mir direkt Bericht." An der Tür drehte er sich mit frostigem Lächeln um. „Ich denke, daß es bittere Klagen geben wird, wie sich dieses Ermittlungsverfahren auf das Haushaltsbudget Ihres Kommissariats auswirken wird. Wer eine Beschwerde hat, kann sich an mich wenden."

Nachdenklich lehnte sich Carol zurück. Noch vor wenigen Minuten hatte sie wegen ein paar Akten herumgemosert – jetzt hatte man ihr ein umfassendes Ermittlungsverfahren aufgebürdet, das womöglich top oder flop bedeutete. Selbst in der Anfangszeit seiner Amtsaufnahme hatte der Polizeichef nicht gezögert, Mitarbeitern, die durch öffentliches Versagen der Polizei geschadet hatten, schwere Tadel zu erteilen. Carol konnte mit nachteiligen Folgen für ihre berufliche Karriere rechnen, sollte sie seinen Erwartungen nicht entsprechen.

***

Carol hatte vorgehabt, erst nach dem Abendessen über Leotas Nachricht zu reden, die wie eine Bombe eingeschlagen hatte. Sie wollte das Thema rational und in aller Ruhe besprechen. Doch kaum daß sie Leotas Hotelzimmertür hinter sich geschlossen und sie rasch geküßt hatte, hörte sie sich sagen: „Erzähl mir, was passiert ist."

„Nichts weiter. Man hat mich ganz einfach in die Staaten zurückgerufen." Leota betrachtete sie aufmerksam, als erwarte sie Protest oder gar einen Wutanfall. „Du wußtest, daß diese Möglichkeit jederzeit bestand. Daß ich keinesfalls für immer hier wäre."

„Ist damit eine Beförderung für dich verbunden?"

„Ja, schon, aber das ist nicht relevant."

„Ich persönlich finde eine Beförderung sehr relevant", sagte Carol mit grimmigem Lächeln. Das war ihr wunder Punkt. Sie hätte erwarten können, mittlerweile Hauptkommissarin Ashton zu sein – bei ihrer Erfolgsquote. Doch ein katastrophaler Fehler plus die offene Ablehnung zumindest eines ihrer Vorgesetzten hatten sie auf der Stufe der Kommissarin festgehalten.

Leota streckte flehend die Hände aus. „Bitte, glaub mir, Schatz, ich habe mich nicht darum gerissen. Man hat mich zurückbeordert, Beförderung oder nicht. Mir bleibt keine Wahl."

Das stieß Carol sauer auf. „Natürlich hast du die Wahl. Du könntest den Dienst quittieren, wenn es sein müßte."

Leota schüttelte langsam den Kopf. „Du weißt, daß ich das nicht täte. Es klingt vielleicht schnulzig, aber das ist Patriotismus. Ich arbeite für die Sicherheit meines Landes. Das bedeutet alles für mich."

Carol trat ans Fenster und starrte blicklos auf die Stadt. Nach einer langen Pause wandte sie sich zu Leota um. „Und was erwartest du nun von mir?"

„Carol, ich will nicht ohne dich sein. Ich hoffe, dir geht es genauso. Würdest du in Erwägung ziehen, mit mir zu kommen?"

„In die Staaten? Um was zu tun? Ich habe ja nicht mal die Greencard, somit kann ich nicht arbeiten."

„Da läßt sich was arrangieren."

„Zum Beispiel was?" fragte Carol bissig. Sie fühlte, wie Ressentiments ihren Wunsch durchkreuzten, ruhig und gefaßt zu bleiben.

„Was immer du willst. Ich kann meine Beziehungen spielen lassen, Carol. Ich will dich nicht verlieren." Sie lachte betrübt. „Besser gesagt: Ich will nicht verlieren, was wir zusammen haben."

Und als Carol nicht antwortete, fuhr sie fort: „Es ist eine gewaltige Entscheidung. Verdammt, es ist eine gigantische, überwältigende. All das. Glaub mir, ich weiß das."

„Du sagst das, weil du meinetwegen nach Australien gekommen bist. Aber, Leota, das war immer nur zeitweilig, nie für ewig. Gib's zu. Du hast immer gewußt, daß du heimkehren wirst. Du hast deinen Job behalten, du hast deine Wohnung in Washington behalten."

Nach einer langen Pause sagte Leota: „Ich weiß, um was ich dich bitte, was du aufgeben würdest – deine berufliche Karriere, dein Haus..."

„Sinker."

Das entlockte Leota ein kleines Lächeln. „Deinen Kater mußt du nicht aufgeben. Für Haustiere gibt es keine Quarantäne bei der Einreise in die Staaten, du kannst Sinker ohne Probleme ins Land bringen."

„Und selbst wenn ich an den Punkt gelangte, mit dir zu kommen, wo siehst du uns leben? In deiner Wohnung?" Carol sah die dunklen beengten Räume vor sich und verglich sie mit ihrem sonnigen luxuriösen Haus. „Sie wäre viel zu klein."

„Carol, es gibt für uns beide viel zu bedenken. Um die Einzelheiten, zum Beispiel wo wir wohnen werden, können wir uns auch später kümmern. Laß uns morgen weiterreden."

Carol fühlte sich plötzlich steinmüde. „Können wir das ganze Thema für den Rest des Abends ausklammern?"

„Einverstanden." Lachend breitete Leota die Arme aus. „Wir beginnen noch einmal von vorn, und zwar in dem Moment, als ich die Tür öffnete."

Nur allzu gern ließ sich Carol in ihre Arme ziehen und sehnte sich danach, daß das Begehren die Gedanken und Gefühle fortspülte, die ihr auf der Seele lagen. Morgen käme bald genug für derart schwere Entscheidungen.

5

Carol spielte mit ihrem goldenen Stift, mit dem sie gerade die Punkte notiert hatte. Leota schlief noch, als sie gegangen war und an der Frühstücksbar des Hotels einen Kaffee getrunken hatte, ehe sie auf schnellstem Weg ins Büro fuhr. Es war noch sehr früh, und erfreulicherweise hatte das Telefon sie nicht einmal unterbrochen.

Sie hatte oben auf das Blatt ein großes Fragezeichen gemalt, was recht gut zusammenfaßte, wie sie sich fühlte. Rechts standen sämtliche DAFÜRs aufgelistet, links was DAGEGEN sprach. Bisher hatte sie fünf Punkte dafür: mit Leota zusammensein; ein neues aufregendes Land kennenlernen; neue Möglichkeiten, neue Herausforderungen erleben; Sinker kann mitkommen.

Was gegen die Vereinigten Staaten sprach, hatte mit all dem zu tun, was sie verlöre – ihren Beruf, ihr Haus, daß sie David, ihren Sohn, nicht aufwachsen sähe, Tante Sarahs Gesellschaft...

Sie warf ihren Stift aufs Papier. Das war eine unmögliche Situation. Sie konnte sich nicht vorstellen, daß Leota in ihrem Leben nicht existierte. Sie konnte sich nicht vorstellen, ihren Sohn zu verlassen, ihre geliebte Tante, ihr wundervolles Zuhause. Welcher Schmerz wäre größer? Gäbe es einen denkbaren Weg, das festzustellen, bevor sie den Entschluß träfe?

„Du bist wohl aus dem Bett gefallen." Bourke steckte den Kopf durch die Tür.

„Komm rein und setz dich, Mark. Der Polizeichef hat ein umfangreiches Ermittlungsverfahren in Gang gesetzt. Ich weiß noch nicht genau, ob das eine gute Nachricht ist, aber es ist unser Fall. Wir sollen alles abgeben und uns ganz auf die Todesfälle konzentrieren, die mit dem Rule'schen Erbe zu tun haben."

Die nächste Stunde lang besprachen sie die Logistik. Damit Bourke frei wäre, um sämtliche Informationen über die kurze Liste derer zusammenzutragen, die rechtmäßigen Anspruch auf Rules Besitz hatten, mußte er seine gegenwärtige Arbeit auf die anderen Mitarbeiterinnen und Mitarbeiter in Carols Team verteilen, und die arbeiteten schon hart am Rand der Belastbarkeit.

Der Polizeichef hatte gut reden mit seiner großartigen Erklärung, Carol würde von den laufenden Fällen befreit und erhielte jede Hilfe, die sie für die Ermittlungen in der Sache Rule brauchte. Auch wenn ihre direkten Vorgesetzten die Anweisung des Polizeichefs abzeichnen würden, so erwarteten sie doch, daß die Ausführung voll und ganz ihr anheimgestellt war. Und Carol hegte keine Illusionen, daß von den anderen sechs Kommissariaten der Mordkommission sich niemand freiwillig ihre Arbeit auflüde. Es würde eine Sache des Kuhhandels, der Versprechungen und des Einforderns von Gefälligkeiten.

Insofern war es später am Morgen eine angenehme Überraschung, daß Kriminalrat Edgar – ein Meister darin, aus dem System seinen Vorteil zu schlagen – Feuer und Flamme für dieses neue Ermittlungsverfahren war.

Er hatte sie in sein Büro gerufen und erklärte jetzt mit trügerisch onkelhaftem Lächeln: „Überlassen Sie die Umverteilung Ihrer Arbeit nur mir, Carol. Ich möchte, daß Sie sich voll und ganz auf diese Sache konzentrieren."

Ihr war klar, daß die Begeisterung, mit der er ihr die Bürde abnahm, keine Demonstration großherziger Unterstützung ihres direkten Vorgesetzten war. Sie war von der Tatsache bestimmt, daß Edgar eine weitere Gelegenheit witterte, aus der Verknüpfung mit diesem überaus prominenten Fall Kapital für seine Karriere zu schlagen.

„Ich möchte, daß Sie mir direkt Bericht erstatten", sagte er, indem er sich mit dieser typischen Handbewegung das silberweiße Haar glättete. „Ich werde persönlich dafür sorgen, daß der Polizeichef von den neuesten Entwicklungen in Kenntnis gesetzt wird."

„Der Polizeichef bat mich, ihm direkt Bericht zu erstatten."

Edgar runzelte das eben noch strahlende Gesicht. „Ich verstehe." Er trommelte mit den Fingern auf seinen Schreibtisch. „Natürlich tun Sie, was der Polizeichef verlangt. Trotzdem benötige ich ebenfalls einen vollständigen Bericht über Ihre Fortschritte."

Carol verbiß sich ein sarkastisches Grinsen. So oder so würde Kriminalrat Edgar sich diesen Fall zu eigen machen – wenn schon nicht in der Praxis, dann zumindest dem Namen nach. Wie immer würde er den Erfolg für sich reklamieren und jedweden Mißerfolg meiden wie die Pest.

***

Während sie auf Bourkes Bericht wartete, beschloß Carol, schon mal mit Thurmond Rule den Anfang zu machen, da sie sich der Einschätzung des Polizeichefs anschloß, daß der Tod des Multimillionärs höchstwahrscheinlich ein natürlicher war. Das sollte leicht zu recherchieren sein. Sie rief Ambrose Slessor an, um sich nach Rules Chefarzt zu erkundigen, denn mit der Behandlung war zweifellos ein ganzes Team von Spezialisten befaßt gewesen.

Nach einer Weile meldete Slessor sich. Ihre Frage alarmierte ihn offensichtlich, und Carols Beschwichtigung: „Es ist nur eine Routinesache", besänftigte ihn nicht.

„Sie denken doch wohl nicht, daß sein Tod Mord war!" rief er aus. „Das ist absurd! Er starb an den verheerenden Folgen eines Bauchspeicheldrüsenkrebses."

„Mord?" fragte Carol, durch Slessors Aufregung hellhörig geworden. „Wie kommen Sie auf diesen Gedanken?"

Eine Pause entstand. Carol sah direkt vor sich, wie Slessors großer Kopf auf seinem Hals wippte, als er um eine passende Antwort rang. In gemäßigterem Ton sagte er: „In Anbetracht dessen, was Inman über Ms. Porters Tod gesagt hat, ist es wohl kein so fernliegender Schluß, sich vorzustellen, daß er noch andere wilde Behauptungen vorbringt."

„Meines Wissens hat Mr. Inman nichts Derartiges gesagt."

Durch Carols gelassene Erklärung beschwichtigt, nannte Slessor ihr den Namen und die Rufnummer des Chefarztes Dr. Georges McMinn.

„Also, wenn das jetzt alles ist..." Offensichtlich war er scharf darauf, das Gespräch zu beenden.

„Da ist noch eine andere Sache."

„Ja?" fragte Slessor argwöhnisch.

„Ich vermute, daß Mr. Rules Krankenpflegerin ihm all seine Medikamente verabreichte."

„Allerdings. Mrs. Paz war geradezu aufopfernd." Er sprach mit mehr Wärme in der Stimme, als Carol je zuvor bei ihm gehört hatte. „Als es dem Ende zu ging, wich sie Mr. Rule Tag und Nacht nicht von der Seite. Ich kann ihr professionelles Engagement gar nicht genug loben."

„Juanita Paz kommt ursprünglich aus einem anderen Land, nicht wahr?"

„Das stimmt. Mrs. Paz und ihr Mann stammen aus Kolumbien. Ich glaube, sie sind vor etwa dreizehn Jahren nach Australien eingewandert."

„Wie kam es, daß sie für Mr. Rule arbeiteten?"

Slessor grunzte ungeduldig, womit er Carol deutlich machte, daß er das Gespräch beenden wollte. Als sie nicht darauf reagierte, seufzte er. In harschem, unwirschem Ton sagte er: „Nachdem Hector Paz eine Zeitlang hier war, stellte ihn Mr. Rule als persönlichen Assistenten ein. Mrs. Paz hatte inzwischen alle für dieses Land nötigen Prüfungen als Krankenschwester abgelegt und fand eine Stelle in einer der größten Kliniken, wo sie bald schon Oberschwester wurde. Als Mr. Rules schwere Krankheit diagnostiziert wurde, die ständige Pflege erforderte, war es naheliegend, Juanita Paz als Privatpflegerin zu engagieren."

„Wissen Sie, wie ich sie erreichen kann?"

„Na, sie ist noch immer im Haus. In meiner Rolle als Treuhänder habe ich sowohl Juanita Paz als auch ihren Mann zu Verwaltern bestellt, bis das Gericht über den Nachlaß verfügt hat. Wie Sie sich vielleicht denken können, gibt es in der Residenz einige äußerst wertvolle Kunstwerke, Möbel, Antiquitäten und so weiter. Aus diesem Grund habe ich auch das Wachpersonal unter Führung von David Ledmark behalten, der vor Mr. Rules Krankheit sein Bodyguard war."

Slessor nannte ihr die Telefonnummer des Rule'schen Anwesens und bot an, das Personal anzuweisen, mit der Polizei zusammenzuarbeiten. Carol beendete das Gespräch mit dem zynischen Gedanken, daß es sich dabei nicht um eine Geste des guten Willens handelte, sondern der Anwalt sicherstellen wollte, daß die anderen sich ihre Antworten gut überlegten.

Stundenlang versuchte sie, Dr. McMinn zu erreichen, was ihr am Nachmittag endlich gelang. Der Arzt bestätigte, daß er den Totenschein ohne Zögern ausgestellt hatte, da Rule seit der Krebsdiagnose vor achtzehn Monaten sein Patient war und nicht der leiseste Zweifel bestand, daß der Krebs seinen Tod herbeigeführt hatte. Da die Todesursache unstrittig war und Dr. McMinn den Kranken persönlich betreut hatte, wurde eine Obduktion nicht in Erwägung gezogen. Der Leichnam war eingeäschert worden, wie Rule es bestimmt hatte.

„Er war ein tapferer Mann, Kommissarin. Er weigerte sich zu akzeptieren, daß er sterben würde. Bis zuletzt kämpfte er dagegen an. In mancher Hinsicht ist das bewundernswert, aber es kann auch das Leiden verlängern."

Carol fragte, ob Rule Morphium bekommen hatte, und Dr. McMinn bestätigte es. Als es mit Rule zu Ende ging, hatte Juanita ihm alle paar Stunden das Schmerzmittel gegeben.

Nachdem sich Carol alle wesentlichen Details notiert hatte, dankte sie dem Arzt, daß er sich die Zeit genommen hatte, und legte auf. Starke Dosierungen von Morphium, die einem immer schwächer werdenden Körper verabreicht werden, können den Tod um einige Stunden oder Tage beschleunigen. Diese Tatsache war kein öffentliches Thema, aber daß manche Ärzte zu einem sogenannten „gnädigen Tod" verhalfen, war ein offenes Geheimnis.

Während sie noch über Sterbehilfe grübelte, erschien Bourke mit seinem vorläufigen Bericht. „Slessor, Slessor, Dunkling und Gold wurden buchstäblich von Hunderten von Leuten bestürmt, die vehement behaupteten, mit Thurmond Rule blutsverwandt zu sein", sagte er. „Zum Glück für die Anwälte war Rules Verwandtschaft nicht sonderlich fruchtbar, so daß, obwohl der Stammbaum für einen Laien wie mich wie ein wirrer Wald aussieht, nicht schwer zu entscheiden ist, wer in welcher Linie verwandt ist. Natürlich wird am Ende das Gericht entscheiden, wie und unter welchen Erbberechtigen der Besitz aufgeteilt wird."

Er reichte Carol einen blauen Plastikschnellhefter. „Die acht entfernten Verwandten auf der endgültigen Liste sind", sagte er, indem er sich auf einen Stuhl setzte, „überwiegend

Männer – kaum Frauen. Bis heute hat es zwei Todesfälle gegeben: Fancee Porter in Texas und Ian Stewart hier in Sydney. Damit sind noch sechs übrig, die sich das Erbe streitig machen."

„Du hast sie doch hoffentlich in streng alphabetischer Reihenfolge?" fragte Carol und schlug die Akte auf.

„Worauf du dich verlassen kannst!"

Über Bourkes Ordnungsliebe frotzelten sie ständig. Wie immer hatte er in kürzester Zeit einen handfesten Bericht erstellt. Die biografischen Details beinhalteten auch ein Foto der jeweiligen Person, manche aus Pässen oder Führerscheinen, andere relativ neuen Datums.

„Das ist hervorragend, Mark,"

„Ich hatte einige Hilfe von Downing & Pate, vor allem von Ren Downing, der mit der Überprüfung der Leute zu tun hatte, die die Ahnenforscherin für die nächsten Verwandten von Rule hielt. Ren hat mir zwar nicht seine Akten gezeigt, aber doch bereitwillig allgemeine Fragen beantwortet."

„Hast du diese Ahnenforscherin getroffen?"

„Klar, hab' ich. Pam Kaye. Sie ist eine muntere kleine Frau, die ein eigenes Unternehmen aufgezogen hat. Wer hätte gedacht, daß so viele Leute sich für die Erforschung ihres Familienstammbaums interessieren? Pam hat sich redlich bemüht, mir die Verwandtschaftslinien zwischen Rule und jedem einzelnen Anspruchberechtigten auseinanderzudröseln, aber schon bei den Cousinen und Cousins konnte ich ihr nicht mehr folgen, von den Urgroßtanten et cetera ganz zu schweigen. Ich hab' ihr einfach vertraut, als sie mir sagte, daß jede Person auf der Liste offensichtlich erbberechtigt ist."

Der erste in der Akte war Jim Flint, zwanzig. Er stammte aus Perth, West-Australien, und schien sein Heimatland erstmals verlassen zu haben, als er nach Sydney zog, um seinen Erbanspruch zu stellen. Er war als Baby adoptiert worden, hatte aber mit achtzehn seine biologische Mutter wiedergefunden und war zu ihr gezogen, kurz bevor sie sich zu Tode getrunken hatte. Von ihr hatte er erfahren, daß Rule ein entfernter Verwandter war.

Flints Foto zeigte einen grobknochigen jungen Mann mit starken Kiefern und stämmigem Körperbau. „Flint und seine Freundin Kirra wohnen bei seiner verheirateten Stiefschwester und ihrer Familie. Er arbeitet halbtags als Warenlieferant“, erklärte Bourke. „Ein ätzender Typ. Säuft zuviel und prügelt sich dann mit den nächstbesten, manchmal trifft es unglücklicherweise auch eine Frau. Donnert mit seinem frisierten Lieferwagen durch die Gegend. Gegen Flint gab es schon ein paar Verfahren wegen tätlichen Angriffs, Autofahren in betrunkenem Zustand, Widerstand gegen die Staatsgewalt. Hat sich jedesmal aus der Affäre gezogen und mit kommunaler Arbeit und Entziehungskuren den Knast vermieden.“

Der nächste mögliche Erbe war Kent Humphries, Flugbegleiter bei Qantas Airways. Er war in England geboren, aber inzwischen in Australien eingebürgert. Er war achtundzwanzig, unverheiratet, und wenn er gerade nicht unterwegs war, lebte er in einem kleinen Wohnhaus, das ihm gehörte, in einem Vorort von Sydney nahe Bondi am Meer.

Ein leicht asymmetrisches Gesicht starrte Carol vom Foto an. Er hatte den Mund ein wenig verzogen, die Nase war eine Spur schief, eine Augenbraue etwas hochgezogen. Carol fand das Gesicht im großen und ganzen reizend, es wirkte wie das Gesicht eines Mannes, der humorvoll sein konnte, wenn ihn die richtige Person ansprach.

„Fliegt Humphries auch die Nordamerikastrecke?“ fragte sie.

„Bingo, Carol. Wenn an der Inman-Geschichte irgendwas dran ist, wäre es denkbar, daß Kent Humphries in der Nähe war, als Fancee Porter starb. Ich konnte seinen Dienstplan noch nicht überprüfen, aber das mach’ ich als nächstes.“

Der dritte auf der Liste war der Mann, der Carol aus Houston angerufen hatte, Chuck Inman. Bourkes Information über ihn war spärlich, und das einzige Foto, das er aus dem Internet hatte, war so verschwommen, daß Carol lediglich den Eindruck gewann, Chuck Inman sei ein großer Mann.

„Inman bezeichnet sich als Geschäftsmann“, sagte Bourke. „Meines Erachtens hat er in ein paar dubiosen Geschäften die Finger drin, aber ich erwarte noch weitere Informationen aus den Staaten.“

„Was hat Ren über ihn gesagt?“

„Nicht viel. Nur daß Inman eindeutig anspruchsberechtigt ist und ein ziemlicher Brocken.“

„Das heißt?“

„Ein lauter Texaner vermutlich. Die Stereotype, die man in Filmen so sieht.“ Bourke sprang auf, tippte an die imaginäre Krempe seines Cowboyhuts, hakte die Daumen in den Gürtel und sagte gedehnt: „Howdy, Ma'am. You 're a mighty purty little thang.“

„Oh, bitte!“ rief Carol lachend. „Schuster, bleib bei deinen Leisten – wie man so sagt.“

Sie blätterte zur nächsten Seite. „Es gibt zwei Jordans?“

„Ah“, sagte Bourke, „das ist interessant.“ Er deutete auf das Foto eines Mannes in mittlerem Alter mit teigigem Gesicht und leerem Ausdruck. „Das ist Nicholas Jordan vor seinem Unfall. Er ist vor einem Jahr von einem zwanzig Meter hohen Baugerüst gestürzt. Seitdem liegt er im Koma, und Maschinen erhalten ihn am Leben. Seine Aussichten sind ganz schlecht.“

Bourke tippte auf ein zweites Foto, das einer Frau in ähnlichem Alter. Sie hatte auch dieses teigige Gesicht, aber ihr Ausdruck war so feindselig, daß Carol sich beinahe vorstellen konnte, die Frau würde gleich aus dem Foto schießen und ihr in die Nase beißen.

„Die ist ja besonders reizend“, bemerkte Carol.

„Das ist seine Schwester, Sue Jordan. Das wird dir gefallen, Carol. Im vergangenen Jahr hat sie ihren Namen ändern lassen, jetzt heißt sie offiziell Ophelia Rule."

„Ach was?" Carol sah auf und grinste. „Du machst einen Witz, Mark. Ophelia Rule?"

„Nicht weil unsere Sue ein großer Fan von Shakespeares Hamlet wäre, sondern weil sie die Rules recherchiert hat und herausfand, daß Ophelia in der Familie ein gängiger Name war."

„Und das würde ihr etwas bringen? Inwiefern?"

„Vor etwa zwei Jahren, als Sue entdeckte, daß sie und ihr Bruder mit Thurmond Rule verwandt waren, startete sie eine Kampagne, um in den Schoß der Familie aufgenommen zu werden."

„Wie hat sie das entdeckt?" fragte Carol.

„Ihr Rule'sches Blut? Keine Ahnung. Ich werde dem nachgehen." Er notierte sich das – typisch für ihn – und fuhr fort: „Es wäre ein netter Gedanke, daß Sue Jordan den Ruf des Blutes vernahm, aber ich tippe eher, daß der Geruch des Geldes der wahre Grund war. Als Rule sich nicht erweichen ließ, auf ihre Briefe und Anrufe zu reagieren, versuchte sie, ihn persönlich aufzusuchen. Sie wurde des öfteren am Tor abgewiesen, und als sie ihm dann in der Öffentlichkeit auflauerte, sorgte sein Bodyguard dafür, daß sie nicht an ihn herankam."

„Hat sie Martina Rule auch belästigt?"

„Offenbar war sie nur an dem Vater interessiert." Und grinsend fügte Bourke hinzu: „Was nur verständlich ist, schließlich war er der einzige Multimillionär in der Familie."

„Sind sich Rule und diese Frau also jemals begegnet?"

„Offensichtlich nicht, trotz all ihrer Bemühungen. Man muß die Frau schon bewundern – sie war nicht leicht zu entmutigen. Schließlich erwirkte Rule ein Unterlassungsurteil gegen sie. Darüber war sie gar nicht begeistert und beauftragte als nächstes ihren Anwalt, bei den Behörden ihre Namensänderung durchzuziehen, als Ophelia Rule versprach sie sich anscheinend einen Anspruch auf die Familienmitgliedschaft. Kaum hieß sie Rule, unternahm sie einen großen Anlauf, die Presse für ihre Geschichte zu erwärmen: Die verschmähte Verwandte des berühmten Thurmond Rule. Sie behauptete sogar, einen Schlüsselroman darüber geschrieben zu haben, doch fand sie keinen Literaturagenten, der sie vertreten wollte."

„Sie kann nicht sehr erfolgreich gewesen sein", bemerkte Carol. „Ich erinnere mich überhaupt nicht an diese Geschichte."

„Das stimmt, sie hat nicht das geringste Interesse irgendeines größeren Blattes geweckt, nur ein paar kleine unerhebliche Erwähnungen in den Klatschspalten. Vielleicht weil sie eine überaus unerfreuliche Person ist, die wie ich hörte, praktisch alle brüskiert, die mit ihr bekannt sind. Oder vielleicht ist die Erklärung plausibler, daß Rule seinen Einfluß auf die Herausgeber geltend gemacht hat, damit man ihr nicht die Gelegenheit böte, ihm Ärger zu machen."

Nach einem weiteren Blick auf den feindseligen Ausdruck der Frau fragte Carol: „Sie ist wohl in letzter Zeit nicht in die Staaten gereist, oder?"

„Das muß ich nachprüfen. In der Tat, daraufhin werde ich sie alle überprüfen."

Die verstorbene Fancee Porter stand als sechste auf der Liste. Auch wenn sie auf dem Foto in die Kamera blinzelte, konnte Carol in ihrem Gesicht eine leichte Ähnlichkeit mit Thurmond Rule entdecken. Sie war die erste von all den Erbberechtigten, bei der Carol sich vorstellen konnte, daß Rule'sches Blut in ihren Adern floß.

Fancee Porter war wurzellos, bindungslos gewesen. Sie hatte in Stanford einen akademischen Grad als Literaturwissenschaftlerin erworben, aber mit dieser Leistung nie etwas angefangen. Nach ihrem Abschluß war sie die nächsten zehn Jahre bis zu ihrem Tod etliche Male quer durch das Land gestreift, ohne Ziel und längere Beziehungen, und hatte sich mit diversen schlechtbezahlten Jobs durchgeschlagen.

Aus dem Internet hatte Bourke die Zeitungsberichte über Fancee Porters tödlichen Unfall ausgedruckt, dazu zwei Fotos vom Unfallort. „Ich habe die Polizei in Austin gebeten, uns einen vollständigen Bericht zu schicken", sagte Bourke, „aber das halte ich für vergebliche Liebesmüh. Sie hatte die Angewohnheit, in Bars einen zu heben und dann mit dem Wagen heimzufahren, entweder allein oder mit einer Barbekanntschaft. In jener Nacht scheint sie zuviel getrunken zu haben, sie verlor die Kontrolle über den Wagen, rammte einen Baum und kam ums Leben."

Der nächste war Ian Stewart. Carol überflog die Details, da sie seine Akte bereits gesehen hatte, und wandte sich dann der letzten Person zu, die Anspruch auf Rules Erbe hatte. Es war ein Kind – ein magerer, ängstlich dreinschauender Junge mit dürrem Hals und abstehenden Ohren, deretwegen er zweifellos gehänselt wurde, da war sich Carol ganz sicher.

„Der zwölfjährige Ricky Webb", erklärte Bourke. „Die Liste der Erbberechtigten wäre länger, wenn die übrige Familie nicht bei einem Bootsunfall ums Leben gekommen wäre. Er überlebte als einziger. Seine Eltern gehörten zu einer kleinen bäuerlichen Gemeinde in Süd-Australien und waren sehr engagiert in der örtlichen Kirche. Der Pfarrer und seine Frau haben Ricky in ihre Familie aufgenommen."

„Das arme Kind."

„So arm ja nun nicht", sagte Bourke, „und die Kirchenleute wissen das ganz genau. Damit will ich nicht sagen, daß ihre Motive nicht redlich sind. Aber sie haben eine prominente Anwaltskanzlei damit beauftragt, Rickys Ansprüche zu sichern."

Sollte das Gericht dem Jungen einen Teil des Milliardenvermögens zusprechen, konnte sich Carol vorstellen, wie die Erwachsenen sich darum rissen, Ricky Webbs neues Vermögen zu verwalten, bis er volljährig war. „Er tut mir wirklich leid", sagte sie. „Erst hat er seine Familie verloren, und jetzt interessieren sich diverse Leute für sein Wohl – oder besser das Wohl seines Geldes."

„Wäre das nicht Sache von Slessor, Slessor, Dunkling und Gold? Ich hatte den Eindruck, der Rule'sche Besitz stünde voll und ganz unter ihrer Kontrolle."

„Nur bis das Nachlaßgericht darüber entscheidet, wem was zusteht. Und dabei fällt mir ein, Mark, überprüfe doch mal, ob Martina Rule ein Testament hinterlassen hat. Sie kann zwar keineswegs so reich gewesen sein wie ihr Daddy, aber Rule hat mir, als ich bei ihm war, erzählt, er hätte seiner Tochter alles gegeben, was sie wollte, und ich vermute, sie hat vieles gewollt."

„Meine Tochter kann von Glück reden", sagte Mark, „wenn sie meine Dauerkarte für den Cricketplatz erbt."

***

Um dem ständigen Klingeln des Telefons für einen Moment zu entgehen, leitete Carol die Gespräche auf Bourkes Apparat um, ließ ihr Mobiltelefon in der Schreibtischschublade und lief die Treppe hinunter in die Nachmittagssonne. Sie wanderte zu ihrem Lieblingscafé in der Oxford Street, weil sie den Teer, den man im Polizeipräsidium von Sydney Kaffee nannte, bis oben hatte.

„Carol Ashton!" rief eine fröhliche Stimme.

Entschieden weniger fröhlich antwortete Carol: „Vida Drake. Ist dieses Zusammentreffen ein Zufall?"

Die Journalistin lachte. „Na klar. Ich hatte die Eingebung, daß Sie hier wären, und siehe da, Sie sind's!"

Carol ging weiter, und Vida hielt mit ihr Schritt. Seufzend sah Carol Vida an. Die Frau war soviel kleiner als sie, daß sie fast neben ihr her trabte. Obwohl sie mit der wilden schwarzen Mähne, dem langen Baumwollgewand und den Gesundheitssandalen wie ein betagter Hippie wirkte, war sie eine der gestandensten Journalistinnen mit der Zähigkeit einer Bulldogge.

„Wohin gehen Sie?"

„Ins Café."

„O gut. Eigentlich war ich auf dem Weg zu Ihnen, Carol, und hatte mich schon darauf gefaßt gemacht, diese eklige Brühe trinken zu müssen, die ihr Bullen zu lieben scheint, doch ein Spaziergang in der Sonne, an dessen Ende eine anständige Tasse Kaffee winkt, ist eine viel bessere Idee."

Sie standen an der Ampel. Resigniert über Vidas Gesellschaft sagte Carol: „Ich nehme nicht an, daß es sich um einen privaten Besuch handelt. Also, was kann ich für Sie tun?"

„Kennen Sie einen Yankee namens Chuck Inman?"

„Mag sein, daß ich den Namen schon mal gehört habe."

Vida ließ ihre herrlichen Zähne blitzen. „Ich erhielt eine *sehr* interessante E-Mail von Chuckie, in der verschiedentlich von Carol Ashton die Rede ist. Wie es scheint, hat er diese Theorie..." Sie ließ den Satz in der Luft hängen und starrte Carol erwartungsvoll an.

Das war eine Taktik, die Carol bereits von ihr kannte. Die Journalistin schloß aus den Reaktionen, wieviel ihr Gegenüber wußte. Wenn Vida zu dem Ergebnis kam, daß es mehr wußte als sie, fischte sie unterschwellig nach Informationen, wußte ihr Gegenüber weniger, war Vida auf einen Kuhhandel aus, bei dem sie Informationen weitergab, wofür sie im Gegenzug als erste eine schlagzeilenträchtige Nachricht bekam oder irgendein Versprechen.

„Dieser Amerikaner hat eine Theorie?" fragte Carol locker.

Die Ampel wurde grün. Carol überquerte hurtig die Straße. Vida Drake spurtete neben ihr. „Thurmond Rules Besitz“, erklärte sie. „Geld. Und Mord.“ Vida schnaubte. „Heute ein Erbe, morgen mausetot!“

Wie der Polizeichef vorausgesagt hatte, wanzte sich Chuck Inman jetzt offensichtlich bei den Medien an. Carol sagte: „Nun erzählen Sie mir bloß nicht, Sie glaubten diese hirnrissige Geschichte, mit der Inman hausieren geht.“

„Es ist eine tolle Geschichte, Carol. Und wir treffen uns, sobald er aus Texas herübergeflogen ist.“

„Ein Exklusivbericht?“

Vida rümpfte die Nase. „Hoffentlich! Ich habe nämlich läuten hören, daß er auch andere Journalisten kontaktiert und es außerdem auf Madeline Shipleys Fernsehshow abgesehen hat.“

„Ziemlich kühn“, bemerkte Carol trocken.

„Ich hab’ da noch was läuten hören“, sagte Vida in vielsagendem Ton. Als Carol nicht reagierte, fuhr sie fort: „Sie untersuchen den Selbstmord eines bestimmten Erben Rules.“

„Ach ja?“ entgegnete Carol, innerlich schäumend. Zum ersten Mal war hier etwas durchgesickert, praktisch bevor es passierte. Sie hegte den Verdacht, daß ein Mitarbeiter von Kriminalrat Edgar gequatscht hatte, aber es konnte auch von ganz oben kommen, aus dem Büro des Polizeichefs.

Auch wenn sie wußte, daß Vida Drake ihre Quellen nicht preisgäbe, fragte Carol mit dem möglichen Quantum an Skepsis in der Stimme: „Und Sie halten diese Informantion für glaubwürdig?“

„Für die beste, also geben Sie sich keine Mühe, mich vom Gegenteil zu überzeugen.“ Vida lächelte gewinnend. „Wir sind ja keine Gegnerinnen, Carol. Im Grunde betrachte ich Sie eher als Freundin.“

Unwillkürlich mußte Carol grinsen. „Ich – eine Freundin? Nicht das Opfer einer überaus geilen Presse?“

„Klingt gut. Darf ich das zitieren?"

„Das dürfen Sie nicht." Sie waren bei dem kleinen Café angelangt. Carol stieß die Tür auf. „Ich spendiere Ihnen jetzt einen Kaffee, Vida, und dabei werden wir ein paar Grundregeln festlegen. Okay?"

„Okay", sagte Vida, „aber versuchen Sie nicht, mich irgendwie auszutricksen."

„Als ob ich das könnte – oder wollte", antwortete Carol tugendhaft. Aber sie wußten beide, daß Carol mit Fleiß genau das täte, wenn die Gelegenheit es erforderte.

***

Carol kehrte allein zum Präsidium zurück, nachdem Vida sich verabschiedet hatte, um „andere Spuren zu verfolgen". Zuvor hatte sie Carol noch verraten – wobei sie sie nicht aus den Augen ließ, um zu sehen, wie sie reagierte –, daß eine der heißen Spuren, die sie verfolgte, Eric Rule betraf, Thurmonds vor Jahren verschollenen Sohn.

„Der Theorie zufolge ist Eric nicht tot", hatte Vida gesagt. „Er hat es darauf abgesehen, jeden Erbberechtigten aus dem Weg zu räumen."

„Das ist eine absurde, unplausible Idee", sagte Carol spöttisch. „Eric Rule ist verschollen und tot. Wenn nicht, wo sollte er sich all die Jahre versteckt haben? Wenn er noch lebt, wieso sollte er sich nicht melden in dem Moment, als er hört, daß sein Erbe zur Verfügung steht?"

Ungerührt zuckte Vida die Achseln. „Es sind schon seltsamere Dinge passiert", sagte sie. „Sie untersuchen tatsächlich, ob jemand die Rule'schen Erben beseitigt, nicht wahr? Eine starb in Amerika. Einer starb hier. Wieso könnte Eric Rule nicht der Täter sein?"

„Erstens, es gibt kein Ermittlungsverfahren, ob jemand die Erben beseitigt, wie Sie sagen. Zweitens, Eric Rule ist seit langem tot, und selbst wenn er lebte, bestünde für ihn gar kein Grund, irgendwen umzubringen. Er würde ja alles erben. Drittens, Sie müssen sich wirklich ein paar verläßlichere Quellen beschaffen, Vida."

Als Carol durch die untergehende Sonne zurückwanderte, erinnerte sie Vidas Theorie an den alten englischen Schwarzweißfilm *Adel verpflichtet*, den sie kürzlich im TV-Nachtprogramm gesehen hatte. Eine rabenschwarze Komödie, bei der es um den entfernten Erben eines Herzogtums ging, der den Plan gefaßt hatte, die zehn Leute, die zwischen ihm und dem Titel standen, umzubringen. Sie erinnerte sich, auf welch amüsante Weise jeder Mord durchgeführt worden war und an das herrlich ironische Ende des Films. Zweifellos war die Idee, jemand hegte die Absicht, die Erben der Rule'schen Milliarden aus dem Weg zu räumen, ebenso bizarr wie dieser Film. Trotzdem beschloß Carol, Mark Bourke zu beauftragen, das Bootsunglück zu überprüfen, das Ricky Webbs Familie ausgelöscht hatte.

Zumindest ein Elternteil Rickys wäre noch direkter mit Thurmond Rule verwandt als Ricky selbst, wurde ihr klar. Und vielleicht hatte die Vernichtung dieser Person plötzlich die jetzigen Erbberechtigten in Konkurrenz zueinander gebracht.

Bei der Rückkehr in ihr Büro erwarteten sie etliche Nachrichten auf dem Anrufbeantworter. Die von Leota war kurz und bündig. „Carol, ich fliege gleich nach Canberra zurück. Das übliche Sicherheitsgedöns. Ich werde Himmel und Hölle in Bewegung setzen, um am Wochenende wieder in Sydney zu sein. Ich liebe dich."

Heute war Mittwoch. Noch zwei weitere Tage, bis Leota in sie dringen würde, ob sie in Erwägung zöge, mit ihr nach Amerika zu gehen. Unwillkürlich fühlte sich Carol erleichtert, für diese Entscheidung etwas mehr Zeit zu haben. Natürlich stand sie mit diesem Ermittlungsverfahren sehr unter Druck, ihre Zeit für irgend etwas anderes war begrenzt. Carol lächelte gequält. Sie sollte einfach das ganze Problem ins Unterbewußtsein schieben und dem die Entscheidung überlassen. „Zum Teufel, ich hoffe, du weißt, was du tust“, sagte sie zu ihm, „ich jedenfalls weiß es nicht.“

6

„Ich hätte gesagt, Ian wäre der letzte gewesen, der sich umgebracht hätte, aber...“ Gaye Mason, eine verhärmte Frau mit bekümmertem Gesicht machte eine hilflose Bewegung. Sie blickte sich im Zimmer um, als erhoffte sie sich eine Antwort von der schlichten Einrichtung.

Ein leichtes Kopfnicken von Carol signalisierte Anne, die Befragung fortzusetzen. Mit warmherziger, mitfühlender Stimme sagte Anne: „Das ist eine sehr, sehr traurige Zeit für Sie, dennoch wären wir Ihnen dankbar, wenn Sie uns ein paar Fragen beantworten.“

Als Gaye Mason nickte, fragte Anne: „Hat Ihr Schwager jemals von Selbstmord gesprochen?“

Das war eine gute Frage. Viele Menschen, die daran dachten, sich umzubringen, brächten das Thema Selbstmord – und sei es auch nur indirekt – in den Wochen oder Tagen vor der Tat zur Sprache.

„Nein, nie. Nicht ein Mal. Ich würde mich daran erinnern. Ich will damit nicht sagen, daß Ian nicht manchmal etwas niedergedrückt war – das sind wir ja alle mal, nicht wahr? –, aber sich umzubringen, ich glaube, dieser Gedanke ist ihm nie gekommen.“

Kopfschüttelnd sagte Anne: „Das muß ein schrecklicher Schock für Sie gewesen sein.“

„Das können Sie sich gar nicht vorstellen! Ich wäre an

dem Tag nicht weggefahren, hätte ich das gewußt." Tränen stiegen ihr in die Augen.

„Wir haben uns gefragt, woher er wohl das Valium hatte, das er geschluckt hat", sagte Anne in vertraulichem Ton. „Haben Sie eine Ahnung?"

Ein Anflug von Zorn huschte über Gaye Masons Gesicht. „Wissen Sie, auch wenn das komisch klingt, aber das kann ich Ian kaum verzeihen! Ich habe keine pharmazeutischen Präparate im Haus, nicht mal Aspirin, und das wußte er ganz genau. Woher er die Tabletten hatte, weiß ich nicht. Ian hat seit mindestens zehn Jahren keine Arztpraxis von innen gesehen. Er war so gesund, wissen Sie." Sie schluchzte auf, die Tränen liefen ihr übers Gesicht. „Und doch ist er hingegangen und hat sich umgebracht."

Anne wartete, bis sie sich das nasse Gesicht mit dem Taschentuch abgetupft hatte, dann sagte sie: „Ihr Schwager war ein entfernter Verwandter von Thurmond Rule."

„So sagte er. Ian hat eine Kopie des Familienstammbaums, die ihm jemand geschickt hat. Er zeigte mir, wo er sich darin befand. Der zweite Cousin zweiten oder dritten Grades oder so. Das war mir zu kompliziert, deshalb glaubte ich's ihm." Sie starrte auf ihre im Schoß gefalteten Hände. „All dieses Geld – was hat Ian jetzt davon?"

„War er aufgeregt, daß er womöglich soviel Geld erbt?"

„Ian hat nie den zweiten Schritt vor dem ersten gemacht. Natürlich war er ganz angetan, aber er hat gesagt, er würde es erst glauben, wenn er das Geld in der Hand hätte."

Carol warf die Frage ein: „Hat Ian mit irgend jemandem gesprochen, der ebenfalls Ansprüche auf Rules Erbe hatte?"

„Jetzt, da Sie es erwähnen, ja, es war jemand hier. Er kam Ian vor einigen Wochen besuchen. Ich weiß nicht mehr, wie er mit Nachnamen hieß, aber er nannte sich Kent. Arbeitete bei Qantas als Steward oder Flugbegleiter oder wie man heutzutage so sagt."

„Könnte der Nachname Humphries gewesen sein?"

„Genau! Das ist es. Kent Humphries. Der Typ war der Meinung, daß die Anwaltskanzlei, die die Sache in der Hand hat, womöglich nicht in Ordnung ist. Er wollte, daß sich alle zusammentun und nicht zulassen, daß die Anwälte sich den größten Teil des Geldes unter den Nagel reißen, wenn sie die Möglichkeit dazu haben."

„Und was hielt Ian davon?"

„Naja, er konnte einsehen, daß das vielleicht eine gute Idee war, aber er war sich nicht sicher, ob dieser Kent ihn vielleicht nur aushorchen wollte, um zu sehen, ob Ian tatsächlich erbberechtigt war. Ich weiß nicht, ob Ian ihn wiedergesehen hat, ich glaube aber, sie haben telefoniert."

Anne stellte noch ein paar Fragen über Ian Stewarts Freundschaft mit John Hansen, dem Mann, der den Toten gefunden hatte. Beinahe überschwänglich erzählte Gaye Mason, wie nett Hansen gewesen war, und wie er ihr bei der Regelung des Begräbnisses geholfen hatte. „Er wohnt ganz in der Nähe, und Ian war fast jeden Tag bei ihm oder John war hier. Die besten Freunde, seit Jahren. Sie liebten den Sport, den sie betrieben. Dauernd spielten sie Schach. Ich habe das Spiel ja nie kapiert, aber sie verbrachten Stunden um Stunden über dem Brett."

Nach einem Blick auf ihre Uhr beendete Carol die Befragung. Sie und Anne hatten sich mit Hansen verabredet, bevor er zur Arbeit ging.

John Hansen wohnte in einem schmuddeligen kleinen Wohnblock in Leichhardt. Das Dröhnen des starken Verkehrs auf der Parramatta Road war ein Dauergeräusch im Hintergrund.

Hansen öffnete zögernd seine Tür und beäugte sie mißtrauisch. Carol stellte sich und Anne Newsome vor und erinnerte ihn, daß er mit ihnen verabredet war.

„Ach ja. Kommen Sie herein."

Der hagere Mann mit Hängeschultern und schütter werdendem Haar führte sie durch ein kleines aufgeräumtes Zimmer voller alter Möbel und dem Duft von Pfeifentabak. Er deutete auf ein klobiges Sofa und sagte: „Ich bin seit vierzig Jahren mit Ian befreundet. Wir sind zusammen zur Schule gegangen. Selbst als Doreen starb, hat er tapfer durchgehalten. Ich hätte nie geglaubt, daß er sich umbringt."

„Wie erklären Sie sich, was passiert ist?" fragte Carol.

„Ach Gott, ich weiß nicht. Vielleicht hat er ganz plötzlich den Mut verloren. Vielleicht ist auch irgendwas Dummes schiefgelaufen." Er blickte Anne an, wurde ganz rot und sagte schließlich: „Als ich ihn da auf dem Bett fand, dachte ich einen Moment lang..."

„Was dachten Sie, Mr. Hansen?"

„Naja... daß Ian vielleicht irgendwas... Sexuelles getan hat."

„Autoerotismus?"

„Wie immer Sie das nennen wollen – ich nenne es onanieren." Er räusperte sich. „Als ich genau hinschaute, sah ich, daß es das nicht sein konnte. Es war, als ob Ian schlief, nur war da eben diese Plastiktüte über seinem Kopf."

„Wenn es nicht Selbstmord ist oder ein Unfall, bleibt nur noch Mord."

„Mord?" Das Wort schockierte ihn sichtlich. „Niemand hätte Ian umbringen wollen. Er hatte keine Feinde. Ein stiller Typ. In all den Jahren, die ich ihn kannte, habe ich nie erlebt, daß er sich mit jemand gestritten hätte."

„Er hat Ihnen von der Erbschaft erzählt?"

„Ein Himmel voller Geigen", sagte Hansen verächtlich, „das gibt's ja nicht."

Nach einem Blick von Carol fragte Anne: „Wußten Sie, daß ein anderer Anwärter auf das Rule'sche Erbe Ian kontaktiert hat?"

„Ja, das hat er mir erzählt. Ein Typ von Qantas. Ich weiß nicht mehr, wie er hieß, aber er war Steward oder wie das so heißt. Ich hielt ihn für so einen aufgeblasenen Lackel, aber Ian sagte nein."

„Wissen Sie, was die beiden besprochen haben?"

„Ja. Der Typ wollte, daß Ian sich mit ihm und den anderen zusammenschließt gegen die Anwälte. Er sagte, sonst würden sie abgelinkt."

„Und war er bereit, sich anzuschließen?" fragte Anne.

„Nein, nicht Ian. Er hat immer nur das Beste in den Leuten gesehen, wissen Sie." Ein leichtes Lächeln verzog seine Lippen. „Er hielt sogar die Anwälte für okay. So war er eben."

Hansen hatte keine Ahnung, wie Stewart an das Valium gekommen war. „Ich würde dieses Zeug ja nicht anrühren. Frauenpillen!" sagte er verächtlich. Auf die Frage nach der hinterlassenen Notiz verdüsterte sich sein Gesicht. „Wissen Sie", sagte er traurig, „ich hätte gedacht, Ian würde zumindest meinen Namen erwähnen. Sich von mir verabschieden. Ich an seiner Stelle hätte das jedenfalls getan." Er schüttelte den Kopf. „Mein Gott, wir waren ein Leben lang Freunde."

***

Carol war um zehn Uhr mit Hektor und Juanita Paz verabredet. Ambrose Slessor hatte ihr offensichtlich den Weg geebnet, denn der einzelne Wachposten an der Pforte öffnete sofort das große Tor und winkte sie durch, kaum daß Carol ihren Namen genannt hatte. „Fahren Sie bis vors Haus. Mr. Ledmark wird Sie dort erwarten."

Während sie der gebogenen Auffahrt folgte, die sie letztes Mal zu Fuß gegangen war, erklärte sie Anne: „Mark und ich haben Ledmark kennengelernt, als wir Thurmond Rule nach dem Tod seiner Tochter aufsuchten. Im Gegensatz zu den anderen Wachposten scheint er Sinn für Humor zu haben, insofern dürfte es Ihnen leicht fallen, über Rules Tochter mit ihm zu plaudern."

Obwohl Martina Rule die ganze oberste Etage eines luxuriösen Wohnblocks mit Blick über Double Bay bewohnte, hielt sie sich oft im Haus ihres Vaters auf. Carol hatte mit Anne die Punkte besprochen, die sie Ledmark aus der Nase ziehen sollte, und erinnerte sie jetzt noch einmal an die faszinierende Tatsache, die Bourke herausgefunden hatte – Martina hatte Juanita Paz in ihrem Testament zur Alleinerbin bestimmt, dann aber völlig überraschend ein neues Testament verfaßt, das Juanita ausschloß.

Kaum hielten sie vor dem massigen Sandsteinbau, als Ledmark herankam. Wie beim erstenmal trug er eine graue Uniform, nur fehlte jetzt das Namensschild. „Kommissarin Ashton", begrüßte er sie herzlich, als sie und Anne aus dem Wagen stiegen. „Wie schön, Sie wiederzusehen."

Carol stellte Anne Newsome vor. „Mr. Ledmark, ich wäre Ihnen dankbar, wenn Sie Kriminalwachtmeisterin Newsome einige Fragen beantworten, während ich mit Mr. Paz und seiner Frau spreche."

Er betrachtete wohlwollend Annes sportliche Figur. „Mit dem größten Vergnügen."

Sie folgten ihm ins Haus. „Es ist ein bißchen, als hüteten wir ein eingemottetes Museum", erklärte er, während er sie an offenen Türen mit Blick auf mit weißen Laken abgedeckte Möbel vorbeiführte. Als er sah, daß Anne auf die unzweideutigen Umrisse eines Flügels starrte, fügte er hinzu: „Die Türen bleiben offen, um im Innern einen gleichbleibenden Temperatur- und Feuchtigkeitsgrad zu halten."

„Es erinnert ein bißchen an die Kulisse für einen Horrorfilm."

Ledmark grinste über Carols Bemerkung. „Der Horror ist das Zeugs selbst, Kommissarin. Man soll nicht schlecht über Tote sprechen, aber Mr. Rule besaß einen unsäglich schlechten Geschmack, was Dekorationsstücke anbelangt. Es haut einen um, daß so teuere Dinge so häßlich sein können."

Er öffnete die Tür des nicht minder unattraktiv eingerichteten Raums, den Carol bei ihrem ersten Besuch betreten hatte. Die Möbel waren nicht zugedeckt, und der Wahrheitsgehalt seines kritischen Kommentars stach ihr ins Auge.

„Wenn Sie hier warten, Wachtmeisterin Newsome, führe ich die Kommissarin zu Mr. Paz und komme dann zu Ihnen und –" er unterbrach sich und grinste Anne an – „lasse mich ausquetschen."

„Wie lange sind Sie schon bei Mr. Rule?" fragte Carol auf dem Weg durch den Flur.

„Ungefähr so lange wie Hector Paz, würde ich sagen. Seit rund zehn Jahren, mehr oder weniger."

„Mr. Slessor erwähnte, Sie seien Mr. Rules Bodyguard gewesen."

„Ich bin im Rang aufgestiegen", sagte Ledmark grinsend. „Am Anfang habe ich das Tor bewacht, dann wurde ich zum Bodyguard befördert. Mr. Rule hat mich zu allen möglichen Schulungen geschickt, insofern war ich für alles gewappnet; doch in all den Jahren, die ich ihn beschützte, mußte ich lediglich gegen ein paar Leute handgreiflich werden, die versuchten, ihm auf die Pelle zu rücken. Da war seine Tochter eine sehr viel größere Herausforderung."

„Sie waren auch Martina Rules Bodyguard?"

„Gelegentlich." Er zog eine Grimasse. „Mit ihr hatte ich richtig zu tun. Sie suchte den Streit und fand ihn oft."

Er öffnete eine Tür, trat beiseite und ließ Carol eintreten. Es war ein kleines Wohnzimmer, in das vom Garten durch hohe Fenster das Licht hereinflutete. Im Gegensatz zum übrigen Haus war die Einrichtung elegant und modern.

„Unser kleines privates Reich", erklärte Paz mit zuvorkommendem Lächeln. Er war schick gekleidet wie bei ihrer ersten Begegnung, aber seine Frau trug statt der grünen Schwesternuniform jetzt verwaschene Jeans und ein T-Shirt.

„Kommissarin", sagte sie mit ihrer gedämpften Stimme.

„Ich habe Kaffee für Sie bereitet, oder möchten Sie lieber Tee?"

„Kaffee wäre fein. Vielen Dank."

Carol setzte sich in den angebotenen Sessel und dachte, daß Hector und Juanita Paz das gleiche schwarze Haar und die gleichen Augen hatten und fast wie Bruder und Schwester aussahen. Und sie sprachen beide ein hervorragendes Englisch mit dem gleichen charmanten Akzent.

„Wir wüßten gern, was wir für Sie tun können, Kommissarin", sagte Paz und setzte sich mit katzenhafter Geschmeidigkeit in den Sessel neben Carol. „Natürlich werden wir all Ihre Fragen beantworten, trotzdem würde ich gern wissen, worauf Sie hinauswollen."

Da sie wußte, daß Ambrose Slessor ihm ganz bestimmt den Grund ihres Besuchs genannt hatte, sagte Carol verbindlich: „Ich würde gern ein paar Lücken füllen, Mr. Paz. Wir ermitteln in einer anderen Sache, und da sie Mr. Rule indirekt betrifft, ist es nötig, ein paar Details zu klären."

Juanita Paz kaute auf ihrer Lippe. Sie hockte nervös vorn auf der Stuhlkante und sagte: „Wir sind doch wohl nicht in Schwierigkeiten, oder doch?"

„Ganz und gar nicht. Ich habe nur ein paar Routinefragen." Carol lächelte fast, als sie diese alte Polizistenfloskel bemühte.

„Ist Juanita denn wirklich hier nötig?" fragte Hector Paz. „Ich kann Ihnen sagen, was Sie wissen müssen."

Die Hoffnung, Carols Fragen zu entrinnen, stand seiner Frau ins Gesicht geschrieben. „Hector weiß mehr über alles als ich."

„Eigentlich, Ms. Paz, bin ich Ihretwegen gekommen."

„Ach? Meinetwegen?" Sie knetete die Hände. „Geht es um Mr. Rule? Meine Pflege? Dr. McMinn kann Ihnen über alles Auskunft geben, was die Behandlung betrifft. Ich habe seine Anweisungen genau befolgt."

„Ich habe mit Dr. McMinn gesprochen."

Diese Information besänftigte Juanita Paz' Ängste nicht. Ihre Hände flatterten, und sie wollte offenbar etwas sagen, als ihr Mann ihr zuvorkam: „Meine Frau ist sehr nervös, was die Polizei betrifft. Bitte nehmen Sie's nicht persönlich, Kommissarin Ashton, aber in Kolumbien... Lassen Sie mich nur sagen, Gesetzeshütern wird dort nicht so getraut wie hier."

„Ich verstehe", sagte Carol. „Bitte, erschrecken Sie nicht, Ms. Paz. Ich habe nur ein paar Dinge zu klären."

„Natürlich helfe ich Ihnen, so gut ich kann."

Carol fragte nach der Medikamentierung während der letzten Lebenstage Rules. Dies war jedenfalls nicht allzu bedrohlich, denn Juanita Paz entspannte sich, als sie im Einzelnen erklärte, was Dr. McMinn Carol bereits am Telefon gesagt hatte.

Nachdem dieses Thema hinlänglich geklärt zu sein schien, sagte Hector Paz: „Noch etwas Kaffee, bevor Sie gehen, Kommissarin?"

Nicht so eilig, dachte Carol amüsiert über diesen unverhohlenen Wunsch, sie aus dem Haus zu bekommen. „Da ist noch eine Sache."

Er stockte beim Aufstehen, während er sich langsam in den Sessel zurücksinken ließ, fragte er: „Ja?" mit einem Anflug arroganter Ungeduld.

Carol richtete ihre volle Aufmerksamkeit auf seine Frau. „Martina Rules Testament bestimmte Sie, Juanita Paz, zur Alleinerbin. Und dann verfaßte sie kurz vor ihrem Tod überraschend ein neues Testament, in dem Sie nicht mehr vorkamen. Wie haben Sie darauf reagiert?"

Martina Rule hatte nur wenig Geld hinterlassen. Offenbar hatte sie es genauso schnell ausgegeben, wie sie es bekommen hatte. Aber ihr Besitz – Schmuck, edle Möbel und andere kostbare Dinge – war in aller Vorsicht auf mindestens dreihunderttausend Dollar geschätzt worden.

Hector Paz sprang auf die Füße. „Was wollen Sie damit sagen?" empörte er sich. „Martina war außerordentlich dankbar, daß meine Frau ihren Vater so wunderbar pflegte, und aus diesem Impuls heraus bedachte sie Juanita in ihrem Testament. Das war natürlich allzu großzügig von ihr. Und nach einiger Überlegung änderte Martina ihr Testament wieder. Das war uns völlig verständlich."

„Ich frage mich", fuhr Carol fort, „wieso Martina Rule Ihre Frau überhaupt in ihrem Testament bedachte, schließlich war sie eine junge Frau, die kaum erwartet haben konnte, so bald zu sterben. Sie hätte doch sicher auch ihre Wertschätzung durch irgendein kostbares Geschenk zeigen können statt einer Versprechung in ferner Zukunft."

Juanita Paz schlug die Hände vors Gesicht und schluchzte auf. „Was soll ich denn Falsches getan haben? Ich habe um nichts gebeten. Ich habe auch nichts erwartet."

„Sie haben meine Frau verstört", sagte Hector Paz mit kalter Würde. „Ich wünsche, daß Sie jetzt gehen."

***

Im Wagen auf dem Rückweg zum Präsidium tauschten Carol und Anne ihre Beobachtungen aus. Anne zog die Brauen hoch, als Carol Juanitas Reaktion auf ihre Frage schilderte. „Ach, tatsächlich? Das ist nicht die Juanita, die Dave Ledmark mir beschrieben hat. Er sagte, sie sei so was wie ein freier Geist gewesen und voller Lebenslust. Deshalb hätten Martina und sie sich so gut verstanden."

„*Dave* Ledmark, aha?"

Anne grinste. „Sie haben schließlich gesagt, daß ich ihn bequatschen sollte. Er ist ein netter Kerl. Ich neige dazu, ihm zu glauben, wenn er sagt, Juanita und Martina hätten sich verhalten wie dicke Freundinnen und einander alles anvertraut."

Carol gluckste. „Ich nehme an, daß Martinas Vertraulichkeiten ziemlich zotig sein konnten."

„Dave sagte, er hätte den Eindruck gehabt, daß Juanita nichts umhauen konnte, was Martina so tat."

„Wußte er von dem Testament? Daß es später geändert worden ist?"

„Er sagte, das hätte ihn nicht überrascht. Juanita hätte Martina die meiste Zeit um den Finger gewickelt, aber Martina war ein stetes Wechselbad. Den einen Tag liebte, den anderen haßte sie dich."

Mit dem Bild, das Carol von Juanita Paz hatte, stimmte das alles so wenig überein, daß sie sagte: „Wir scheinen über zwei verschiedene Personen zu reden."

„Sie haben gesagt, daß sie Angst vor der Polizei hatte. Wer weiß, was ihr in Kolumbien widerfahren ist, bevor sie nach Australien kam?"

„Sie haben recht, Anne, natürlich. Das könnte eine Reaktion auf die Staatsgewalt sein. Und das würde erklären, warum Hector Paz so besorgt war."

„Dave Ledmark schätzt Paz überhaupt nicht. Er sagt, er sei teflonbeschichtet. Nie ist etwas seine Schuld."

Den Wagen parkend, bemerkte Carol: „Sie sind von David Ledmark so angetan, daß ich mich frage, ob Sie die Absicht haben, ihn wiederzusehen."

Anne errötete ein wenig. „Er hat mich eingeladen, aber wenn er irgendwie in das Ermittlungsverfahren verwickelt ist, kann ich das natürlich nicht annehmen."

Bourke kam ihnen an der Treppe entgegen. Lachend hob er die Hand. „Bleib stehen, Carol. Es wartet Besuch auf dich, und dafür wirst du Verstärkung brauchen. Ich lasse dich keinesfalls mit ihr allein."

„Wer ist es?"

„Eine gewisse Ophelia Rule, geborene Susan Jordan. Sie hat eine ganz schöne Szene gemacht, als sie hörte, daß du nicht da bist, und als man ihr taktvoll vorschlug, doch einen Termin mit dir auszumachen, hat sie sich regelrecht aufgeführt. Bei meinem Versuch, die Wogen zu glätten, hat sie mir beinahe den Kopf abgerissen."

Über diese Vorstellung amüsiert, fragte Carol: „Und wo ist sie jetzt? In einer Zelle?"

„Ich lasse sie in deinem Büro von Maureen babysitten. Wir hielten es nicht für sicher, diese Frau unbeaufsichtigt zu lassen. Im Bruchteil einer Sekunde hätte sie deinen Schreibtisch durchwühlt."

Als Carol und Bourke eintraten, schien Maureen sich insgeheim prächtig zu amüsieren. Sie stand auf und sagte: „Ms. Rule, darf ich Ihnen Kriminalkommissarin Ashton vorstellen?"

Das Foto von Susan Jordan alias Ophelia Rule hatte keine sonderlich attraktive Frau gezeigt. In Wirklichkeit war sie verblüffenderweise entschieden häßlicher. Nicht wegen ihres Allerweltsgesichts oder ihres untersetzten Körpers. Sie strahlte soviel bittere, gehässige Feindseligkeit aus, daß Carol sie fast als dunkle Wolke wahrnahm, die sich über das Zimmer legte.

„Sie!" sagte die Frau und stach ihren dicken Zeigefinger in Carols Richtung. „Sie müssen die daran hindern."

Carol machte Maureen ein Zeichen, daß sie gehen könne. „Muß ich?" fragte Maureen mit dem Rücken zur Besucherin lautlos, die Show offensichtlich genießend. Nachdem sie bedauernd gegangen war, nahm Bourke auf ihrem Stuhl Platz, und Carol verschanzte sich hinter ihrem Schreibtisch, ehe sie sagte: „Guten Morgen, Ms. Rule."

„Sparen Sie sich das. Ich bin hier, um mein Recht zu bekommen."

„Inwiefern?"

Sie rückte ihren Stuhl näher an den Schreibtisch und beugte sich vor. „Diese verdammten Anwälte melken meinen Besitz. Ich will, daß sie Rechenschaft ablegen. Ich will, daß sie belangt werden."

„Sie sprechen von Slessor, Slessor, Dunkling und Gold, nehme ich an", sagte Carol und ließ sich die Namen auf der Zunge zergehen.

„Genau die. Hinterhältige Mischpoke. Haben ihre Kumpels bei Gericht dazu gebracht, ihnen die Kontrolle über den ganzen Krempel zu überlassen, so können sie ungestraft den Besitz plündern. Schweine am Trog." Sie blitzte Carol an, dann Bourke. „Ich will, daß das aufhört. Es ist mein Erbe."

„Daß Sie besorgt sind, ist sehr verständlich", sagte Bourke, ohne mit der Wimper zu zucken. „Und auch wegen des Anteils Ihres Bruders."

Offensichtlich hielt sie Bourkes Bemerkung für etwas abfällig, und so schnaubte sie: „Mein Bruder Nick ist ein verdammtes Wrack, das an verdammten Maschinen hängt. Ich habe die Vollmacht für ihn. Okay? Es ist alles vollkommen legal." Ihr drohender Blick verbot jeden Einwand.

Carol zog die Kappe ihres Stiftes ab. „Haben Sie irgendeinen Beweis, daß etwas Unrechtes geschieht?"

„Beweis? Wie denn? Glauben Sie etwa, die wären so dumm, sich zu verraten? Sie sind zwar Schweine, aber sie sind ja nicht blöd."

Carol steckte die Kappe wieder auf. „Ms. Rule, es tut mir leid, aber Verdächtigungen ohne den geringsten Beweis, daß sie sich etwas haben zuschulden kommen lassen, machen es mir sehr schwer, irgend etwas zu unternehmen." Sie lehnte sich in ihrem Sessel zurück, mied bewußt Bourkes Blick und fügte hinzu: „Ich fürchte, da sind mir die Hände gebunden."

Ophelia Rule stieß wüste Beschimpfungen aus. Carol traute ihren Ohren nicht – nicht wegen der Worte, sondern wegen des unglaublichen Hasses, mit dem sie ausgesprochen wurden.

Als Ophelia ihren Dampf abgelassen hatte, sagte Carol:

„Da Sie schon mal hier sind, Ms. Rule, frage ich mich, ob Sie uns wohl ein paar Fragen beantworten würden."

Diesem Ansinnen begegnete Ophelia mit tiefstem Mißtrauen. „Worüber?"

„Über die ganze Sache mit dem Rule'schen Besitz."

Ophelia runzelte die Stirn. „Könnte das helfen, diese Schweine von Anwälten dranzukriegen?"

„Das wäre möglich", sagte Carol glatt und überging das Gehuste von Bourke, das verdächtig nach kaschiertem Lachanfall klang. „Je mehr Informationen wir haben... Nun, wer weiß, wohin sie uns führen?"

Nach einer Pause sagte Ophelia: „Na gut. Was wollen Sie wissen?"

„Haben Sie sich an die anderen Erben gewandt?"

Ophelia schnipste mit den Fingernägeln gegen die Schreibtischkante, ein Geräusch, das Carol total auf die Nerven ging. Nachdem sie sich Carols Frage reiflich überlegt hatte, antwortete sie schließlich: „Und was, wenn ich das hätte?"

„Hat jemand Ihnen gegenüber geäußert, daß Mr. Rules Anwälte womöglich nicht vertrauenswürdig sind?"

„Sie halten mich für nicht clever genug, selbst dahinterzukommen? Ist es das?"

Streitlustig war eine viel zu milde Bezeichnung, fand Carol. Streitsüchtig traf es schon eher. Diese Frau suchte die Konfrontation, aggressiv und giftig war sie auf den offenen Kampf versessen.

„Ms. Rule, diese Fragen sollen zur Klärung der Situation dienen und sind keinesfalls ein persönlicher Angriff auf Sie."

Carols beschwichtigender Ton war offensichtlich überzeugend, denn Ophelia lehnte sich grunzend zurück. „Kent Humphries hat den Ball ins Rollen gebracht. Ich denke, er hat sie alle vor den verdammten Anwälten gewarnt, außer diesem Kind in Süd-Australien."

„Sogar in Amerika?"

„Chuck?“ Überraschenderweise wurden ihre Züge ein bißchen weicher. „O ja, Humphries hat Chuck in Houston aufgesucht. Ob auch diese andere mit dem albernen Namen, weiß ich nicht. *Fancee* – können Sie sich das vorstellen?“

„Fancee Porter ist vor ein paar Tagen bei einem Autounfall ums Leben gekommen“, sagte Bourke.

„Ja, ich weiß.“ In ihrem Ton schwang ein Anflug von Zufriedenheit mit. „Chuck hat mich angerufen.“

„Hat er gesagt –“

„Daß jemand sie von der Straße abgedrängt hat? Ja klar, aber so ist Chuck nun mal. Er hat's mit Verschwörungstheorien.“ Sie klang beinahe nachsichtig. „Totaler Schwachsinn, wenn Sie mich fragen“, fuhr sie fort. „Ich meine, wenn einer von uns alle anderen umbringt, dann muß, wer am Ende übrigbleibt, ja wohl der Mörder sein. So was Blödes!“

„Sie haben's perfekt auf den Punkt gebracht.“ Bourke klang sehr beeindruckt.

Das Kompliment schien Ophelia runterzugehen wie Öl, woraufhin sich Bourke ihren augenblicklichen Anflug von guter Laune zunutze machte und fragte: „Wie sind Sie dahintergekommen, daß Sie mit Rule blutsverwandt sind? Sie wußten es ja schon lange, bevor die Suche nach den Erben begann.“

„Anfang letzten Jahres fand ich eine Kopie vom Stammbaum der Rules im Briefkasten. Ein riesiger Bogen Papier. Nahm den halben Eßtisch ein. Mein Name war rot umkringelt. Ich habe es gleich einem Fachmann vorgelegt, und der sagte, das sei echt alt. Ich sei eine Rule. Keine Frage.“ Ihr Gesicht verdüsterte sich. „Natürlich hat sich dieser alte Bastard, Thurmond Rule, bis zuletzt geweigert, mich als Verwandte anzuerkennen. Dafür soll er in der Hölle schmoren!“

„Sie haben keine Ahnung, wer Ihnen den Familienstammbaum geschickt hat?“ fragte Carol. Dabei fiel ihr ein, daß auch Stewart einen bekommen hatte. Sie würde prüfen lassen, ob die anderen Erben auch solch mysteriöse Post erhalten hatten.

Ophelias schwere Wangen vibrierten, als sie den Kopf schüttelte. „Keine Ahnung von wem, und es ist mir auch schnuppe."

„Haben Sie sich den Poststempel angesehen?"

Das ging Ophelia gegen den Strich. „Wollen Sie damit sagen, ich sei zu dämlich, auf den Umschlag zu sehen?"

Carol schlug in Gedanken die Augen zum Himmel. „Natürlich nicht, Ms. Rule, aber vielen Leuten kommt das nicht in den Sinn."

„Nun, *mir* schon. Er war in Sydney aufgegeben. Kein Absender. Und bevor Sie das fragen, nein, den Umschlag hab' ich nicht aufgehoben. Gab ja keinen Grund."

„Sind Sie in letzter Zeit außer Landes gewesen?" wollte Bourke wissen.

Ungeduldige Irritation trat auf Ophelias Gesicht. Sie fuhr ihn an: „Sie stellen selten blöde Fragen, wissen Sie das? Aussieland finde ich gut genug. Und warum soll ich mich anderswo rumtreiben, wenn doch all dieses Geld auf mich wartet, hm? Beantworten Sie mir das."

Sie sprang auf die Füße. „Ich beantworte keine weiteren Fragen, aber ich stelle selbst eine." Sie funkelte Carol an. „Was ich wissen will, ist, werden Sie meine Anzeige verfolgen oder nicht?"

Carol antwortete: „Ich habe die Absicht, so bald wie möglich mit Mr. Slessor zu reden."

„Und warum haben Sie das nicht gleich gesagt?" Sie blitzte Carol ein letztes Mal an und stolzierte zur Tür hinaus.

„Begleite sie aus dem Gebäude, Mark", sagte Carol, „und sorge dafür, daß sie nicht so bald zurückkommt."

***

Nach der Mittagspause schaute Kriminalrat Edgar bei Carol herein. „Ich habe Ihrem Team Lester Upton zugeteilt“, sagte er mit dem Ausdruck eines außergewöhnlich großzügigen Wohltäters. Nun erwartete er offensichtlich ihren Kniefall vor Begeisterung.

Carol, die mindestens zwei Fachkräfte zur Verstärkung erwartet hatte, rang sich ein entsprechendes Danke ab. Sie kannte Les Upton nicht gut, hielt ihn aber für einen redlichen, bemühten Kriminalisten ohne Eigeninitiative und Gespür. Daß man sich auf ihn verlassen konnte und er nicht arbeitsscheu war, sprach für ihn, man konnte darauf vertrauen, daß er seine Aufgaben hartnäckig, wenn auch ohne Riecher ausführte.

„Ich schicke Mark Bourke morgen früh nach Süd-Australien, um diesen Unfall zu überprüfen, bei dem Ricky Webbs Eltern und die kleine Schwester umgekommen sind“, sagte sie. „Er wird zwei Tage fort sein.“

Normalerweise hätte eine solche Erklärung sofort eine Flut von Fragen bezüglich der Reisekosten ausgelöst, aber die grundsätzliche Genehmigung des Polizeichefs bei diesem Ermittlungsverfahren hatte derartige Kritteleien aus dem Feld geräumt. „Ausgezeichnet“, sagte Edgar. „Halten Sie mich auf dem Laufenden. Absolut auf dem Laufenden.“

Eine halbe Stunde später erschien Les Upton in ihrem Büro. Seine regelmäßigen Züge und seine schlanke Gestalt musternd, dachte sie, daß sie ihn für einen gutaussehenden Mann halten würde, wäre sein Gesicht lebendiger gewesen und hätte seine Körpersprache eine Spur Energie und Enthusiasmus vermittelt. Doch seine stoische passive Ausstrahlung überdeckte sein gutes Aussehen.

„Ich soll mich bei Ihnen melden“, erklärte er lahm.

Entschlossen, das Positive aus ihm herauszukitzeln, sagte Carol: „Ich freue mich, Sie in unserem Team zu haben, Les. Wir brauchen Ihren Arbeitseifer.“

„Meinen Arbeitseifer?“ Er wirkte etwas erstaunt über dieses Wort.

„Im Recherchieren von Fakten, Überprüfen von Details.“

Upton lächelte leicht. „Ach, *diesen* Eifer.“

Angenehm überrascht, daß Upton Sinn für Humor zu haben schien, erklärte Carol: „Wie Sie bestimmt wissen, wurde Martina Rule auf dem Parkplatz eines Einkaufszentrums angefahren und getötet. Die erste Untersuchung deutete auf einen Unfall hin; aber spätere Informationen legen uns nahe, den Tod noch einmal genau zu überprüfen. Das sollen Sie übernehmen.“

Sie gingen miteinander die Akte durch, bestimmten die Punkte, auf die Upton sich konzentrieren sollte, dann ging er hinaus, um sich einen freien Schreibtisch zu suchen und seinen Arbeitsplatz einzurichten.

Bourke hatte Carol Namen und Telefonnummer von Martina Rules Anwalt, Seymor Burton, gegeben. Carol erwartete, daß er sich bei ihren Frage querstellte, doch als sie anrief, war der Anwalt von überschäumender Hilfsbereitschaft. „Ich kann Ihnen ruhig sagen, Kommissarin, daß Martina Rule als Klientin eine Herausforderung war. Impulsiv, würde ich sagen. Sie änderte ihr Testament viele Male aus einem Impuls heraus, und eine simple Ergänzung reichte ihr nie. Nein, immer forderte sie ein völlig neues Dokument.“

„Es war also nicht überraschend, daß sie Juanita Paz enterbte?“

„Ach, du lieber Himmel, mitnichten! Martina hatte die Angewohnheit, ihre zur Zeit beste Freundin in ihrem Testament als Erbin einzusetzen. Ein paar Wochen oder Monate später fiel die Person aus ihrer Gunst und wurde infolgedessen nicht mehr begünstigt. Ihr letzter, bei ihrem Tod gültiger Wille war für sie völlig untypisch, denn darin bedachte sie diverse Tierschutzorganisationen.“

„Hat sie gesagt, warum sie diese Organisationen bedachte?“

„Ich hab' nicht gefragt", sagte Burton lachend, „aber es wäre der gleiche Grund gewesen wie immer – jemand ist aus ihrer Gunst gefallen."

„Und dieser Jemand ist Juanita Paz gewesen. Haben Sie je mit Martina Rule über sie gesprochen?"

„In gewisser Weise", sagte Burton. „Martina brachte Juanita Paz mit in die Kanzlei, als sie mich beauftragte, ein neues Testament anzufertigen, diesmal auf die Begünstigte Juanita Paz."

„Welchen Eindruck hatten Sie von Juanita Paz bei dieser Begegnung? Wirkte sie erfreut, daß sie in diesem Testament bedacht wurde?"

„Soweit ich mich erinnere, war sie ganz still. Ich würde sagen: verstummt. Sie lachte allerdings über jeden Witz von Martina – die nie sonderlich witzig war." Er gluckste. „Aber hätte Martina mich in ihrem Testament bedacht, hätte ich wohl auch gelacht."

Carol dankte dem Anwalt für seine Hilfsbereitschaft und verabschiedete sich. Sie hatte den Hörer noch in der Hand, um ihre Tante anzurufen und zu sagen, sie käme spät, Tante Sarah sollte nicht mit dem Essen auf sie warten, als das Telefon klingelte.

„Hallo, Carol. Hier ist Yancey. Yancey Blake."

Sybils Geliebte. Carol hatte erst unlängst kurz mit ihr gesprochen. „Geht es um Tante Sarahs Porträt und die Cocktailparty? Tut mir leid, aber ich –"

„Nein, nicht die Cocktailparty. Hören Sie, Carol, bestimmt sind Sie überaus beschäftigt, aber ich bin gerade in Ihrer Gegend und wäre Ihnen dankbar, wenn Sie Ihr Büro für ein paar Minuten verlassen könnten, um mit mir zu reden."

„Leider bin ich gerade –"

„Bitte." Yancey Blake unterbrach sie einfach. Gerade wollte Carol die Malerin abwimmeln, als Yancey sagte: „Es geht um Sybil."

Carol horchte besorgt auf. Sie sah Sybil vor sich – das rote Haar glänzte in der Sonne, ihre Lippen lächelten. „Geht es ihr gut? Ist etwas passiert?“

„Es geht ihr gut.“

„Yancey, sprechen Sie nicht in Rätseln. Sagen Sie, was ist.“

„Ich werde es Ihnen sagen, wenn wir uns treffen.“

„Dies ist kein guter –“

„Es ist wichtig. Können wir uns in der Nähe des Präsidiums irgendwo treffen? Es dauert nur ein paar Minuten.“

Die Frau war unerbittlich. Carol nannte ihr das kleine Café, in dem sie mit Vida gewesen war. „Ich treffe Sie dort in zwanzig Minuten, Yancey. Und ich bin zeitlich unter Druck, also fassen Sie sich kurz.“

Der schnelle Gang durch die Sonne hatte Carols Gleichgewicht wiederhergestellt, so daß sie Yancey Blake freundlich begrüßte, als sie sich im Café trafen. Sie setzten sich an einen der kleinen Tische, die sich auf engem Raum drängten. Carol sagte: „Entschuldigen Sie, wenn ich am Telefon etwas abweisend war.“

Yancey lächelte gewinnend. „Entschuldigen Sie, wenn ich Sie bedrängt habe.“

Sie war mittelgroß, hatte eine üppige Figur, braunes Haar, braune Augen und einen seltsam eindringlichen Blick. Vielleicht lag es daran, daß sie Porträtmalerin war, dachte Carol.

„Sie enttäuschen mich etwas“, sagte Carol. „Ich erwarte, daß eine ernsthafte Malerin Ölfarbe unter den Nägeln hat und vielleicht einen künstlerischen Farbfleck auf der Wange.“

„Ich bin genauso enttäuscht, Carol. Blond, attraktiv... Das entspricht nicht dem Image einer taffen Polizistin.“

Sie bestellten Kaffee. Carol lehnte sich zurück. „Genug Smalltalk. Warum wollen Sie mich sprechen?“

„Sybil und ich... wir trennen uns. Es ist nicht so, daß ich sie nicht liebe. Das tue ich, sehr sogar.“

„Das hat nichts mit mir zu tun.“

Yancey lachte auf. „Es hat genau mit Ihnen zu tun." Und als Carol die Stirn runzelte, fuhr Yancey fort: „Ich versuche nicht, in Rätseln zu sprechen. Lassen Sie mich Ihnen zuerst sagen, Sybil hat keine Ahnung, daß ich Sie heute treffe. Wenn sie es wüßte, wäre sie sehr erstaunt, denn ich würde keinesfalls mit Ihnen reden, es sei denn, Sie wollten mich beauftragen, Ihr Porträt zu malen. Wir haben absolut nichts gemeinsam. Außer Sybil."

Carol seufzte ungeduldig. „Was wollen Sie damit sagen?"

„Damit sage ich, daß sie nicht über Sie hinweggekommen ist. Damit sage ich, daß Sie die dritte Person in unserem Bett sind. Damit sage ich, daß jede, die nicht Carol ist, für Sybil nur die Zweitbeste ist."

Perplex starrte Carol sie an. „Das stimmt nicht. Fragen Sie sie, sie wird's Ihnen sagen. Wir sind nicht mal Freundinnen."

„Oh, ich habe sie gefragt. Und Sybil bestreitet es – und glaubt, die Wahrheit zu sagen."

„Aber Sie wissen es besser."

Einen Moment lang huschte ein Anflug von Schmerz über Yanceys Gesicht. „Ja, ich weiß es besser. Deshalb trenne ich mich von ihr."

In Carols Tasche klingelte ihr Handy. Sie entschuldigte sich und nahm ab.

„Carol?" Es war Bourke. „Du wirst es nicht glauben, aber Jim Flint, dieser Typ aus West-Australien, er ist tot."

7

„Und dann hab' ich gesagt: Warum gehst du nicht ohne mich einen trinken? Ich liebe es einfach, in diesem Loch mit deiner beschissenen Stiefschwester und ihren Jammergören festgenagelt zu sein." Die junge Frau verzog höhnisch die Lippen. „Und dann sagt Jim: Hör auf, mich zu nerven, du Miststück. Wissen Sie, was ich meine?"

Jim Flints Freundin Kirra war noch keine zwanzig und hatte ein hübsches spitzes Gesicht. Ihr Minirock und das nabelfreie Top machten klar, daß an ihrer fast magersüchtigen Figur kein Gramm Fleisch zuviel war. Und offenbar trauerte sie auch kein bißchen um ihren ermordeten Freund.

„Um wieviel Uhr war das?" fragte Carol.

„Gott, was weiß ich? Gegen sechs? Deb wird's wissen." Über die Schulter rief sie: „Deb? Wie spät ist Jim gestern abend ausgegangen?"

„Wie zum Teufel soll ich das wissen?" brüllte es von der hinteren Seite des Hauses zurück.

Kirra stützte die Hände in die Hüften. „Tja, dann muß Ihnen sechs reichen, nicht wahr?"

Carol und Maureen Oatland warfen sich einen amüsierten Blick zu. Mark Bourke war auf dem Weg nach Süd-Australien, deshalb hatte Carol am heutigen Freitagmorgen Maureen mitgenommen.

„Jim hat seine Freunde immer in der Kneipe getroffen, stimmt das?" fragte Carol.

„Nehme ich an." Kirra schüttelte eine Zigarette aus einer verknautschten Packung, riß ein Streichholz an, zog an der Zigarette und inhalierte tief. Dann blies sie den blauen Qualm in Carols Richtung und sagte: „Und fragen Sie mich nicht nach seinen Saufkumpanen. Ich kenne keinen von denen."

„Hat ihn nie einer hier abgeholt?" fragte Maureen.

„Nee. Jim ist immer mit dem Lieferwagen zur Kneipe gefahren. Er mochte nicht, wenn jemand anders fuhr." Sie rümpfte angewidert die schmale Nase. „Der blöde Scheißkerl hat mich nicht einmal ans Steuer gelassen, den ganzen Weg von Perth rüber nicht. Beschissen langweilig, Stunde um Stunde so rumzusitzen, wissen Sie, was ich meine?"

Der Lieferwagen, um den es ging, parkte in einer Sackgasse, die an ein verlassenes Industriegebiet in der Nähe des Flughafens von Sydney grenzte, etwa sechs Kilometer von dem Gasthof entfernt, wo Flint getrunken hatte. Jim Flint hatte im Wagen gesessen, über das Lenkrad gesunken, mausetot. In seinem Schoß hatte sich das Blut aus der aufgeschlitzten Kehle gestaut, es tropfte an seinen Beinen entlang in eine Pfütze zu seinen Füßen.

Um die Gefühle der Stiefschwester zu schonen, als sie den Toten am frühen Morgen identifizierte, hatte man Flint das Blut vom Gesicht gewischt, das aus der durchtrennten Arterie gespritzt war, und mit einer Plastikplane die klaffende Wunde in seiner Kehle verdeckt.

Solche Behutsamkeiten schienen unnötig. Deb Rowland hatte mit einem raschen Blick auf den Toten erklärt: „Ja, das ist Jim, dieses Miststück", und war aus dem Leichenschauhaus marschiert.

Es war klar, daß weder seine Stiefschwester noch seine Freundin durch Jim Flints gewaltsamen Tod am Boden zerstört waren. Nach Verlassen des Hauses bemerkte Maureen: „Soviel zu den Trauernden, hm? Nie hab' ich trockenere Augen gesehen. Nicht mal so getan als ob. Wundern Sie sich da nicht, wieso die beiden sich mit dem Kerl abgefunden haben? Zum Teufel, man würde denken, die Freundin hätte was Besseres kriegen können."

„Kirra ist selbst eine harte Nuß."

„Ach ja, Carol, aber sie sieht nicht schlecht aus. Das reicht vielen Männern doch, wissen Sie." Sie lachte schallend. „Daran muß es liegen, daß ich so erfolgreich bin."

Carol mußte mitlachen. Maureen hatte einige ihrer Arbeitskollegen mit ihrer derben Art pikiert. Groß in jeder Weise und mit einem immensen Appetit gesegnet, sowohl auf Essen als auch, wie man munkelte, auf Sex, hatte sie einen räuberischen Blick, den die Männer, mit denen sie arbeitete, ebenso attraktiv wie verunsichernd fanden – vor allem die jungen Kollegen.

Flints bevorzugte Kneipe, *The Quitters Arms*, war eine heruntergekommene Vorstadtpinte, zur Dekoration gehörten gesprungene Kacheln an den Wänden, und der Boden klebte von verschütteten Getränken.

„Jim? Naja", sagte die Barfrau, die beunruhigend jung war und ein frisches Gesicht hatte. „Ich kenne den Typ zu gut, um mich mit ihm anzulegen. Gestern nacht? Da war er hier. Wieso, was ist los?"

„Er hatte einen kleinen Unfall", sagte Maureen mit einem Wolfsgrinsen. „Sind Sie sicher, daß er gestern abend hier in der Bar war?"

„Es war gesteckt voll, aber Jim ist immer aufgefallen. Er hat eine laute Stimme und macht durchaus Gebrauch davon."

„Hat viel getrunken, ja?"

„Immer."

„Haben Sie bemerkt, wann er gegangen ist und ob jemand bei ihm war?"

„Ich habe mir die Füße wundgerannt und nicht gesehen, wann er verschwunden ist. Aber ich glaube, es war später. Und ob jemand bei ihm war..." Sie zuckte die Achseln.

Carol hatte die Befragung bewußt Maureen überlassen, die mit dem Milieu vertrauter schien als Carol. Während sie der Befragung folgte, stellte sie belustigt fest, daß Maureen dem Stereotyp der Barfrau mit dem goldenen Herzen sehr viel eher entsprach als die Befragte selbst.

„Also trinkt Jim nicht immer mit denselben Kumpels?" fragte Maureen.

„Er freundet sich mit denen an, die gerade da sind. Jim ist sehr reizbar, wenn Sie wissen, was ich meine, und hat sich letztens mit ein paar Stammkunden angelegt, insofern ist er nicht allzu beliebt. Aber das schien ihn nicht sehr zu irritieren."

„Hat Schlägereien angezettelt, ja?“ fragte Maureen.

„Mehr so Rangeleien. Jim ist schnell auf hundertachtzig, aber er sucht sich seine Gegner aus. Er pickt sich nie jemanden raus, der größer und gemeiner ist als er.“

„Schiebt jemand eine besondere Wut auf ihn?“

Die Barfrau lachte. „Eine ganze Reihe“, sagte sie.

Maureen verabredete, am Abend wiederzukommen, wenn sie die Stammgäste befragen konnte. Sie würde mit dem Polizeirevier zusammenarbeiten, das die Haus-zu-Haus-Befragung im Umfeld der Kneipe durchführte, um zu erfahren, ob jemand Flint oder seinen Lieferwagen am Donnerstagabend gesehen hatte.

Bevor sie ins Präsidium zurückkehrten, sahen sich Carol und Maureen noch Flints Fahrzeug an, das man, nachdem Liz und ihr Spurensicherungsteam ihre Arbeit erledigt hatten und die Leiche abtransportiert worden war, zur kriminaltechnischen Untersuchung gebracht hatte.

Offensichtlich war der Lieferwagen Jim Flints ganzer Stolz gewesen. Knallrot und blankpoliert war er mit einem frisierten Motor und mächtigen Reifen ausgestattet und mit viel blitzendem Chrom aufgebretzelt. Die beiden Lederschalensitze waren eine Sonderanfertigung, ebenso das lederbezogene Lenkrad.

„Meines Erachtens“, sagte der Techniker, der die Untersuchung durchführte, „wurde das Opfer definitiv im Fahrzeug getötet. Er saß hinter dem Lankrad und trank Whisky aus der Flasche, völlig ahnungslos. Da schnitt ihm jemand die Kehle durch. Dem ausströmenden Blut nach hat das Opfer stocksteif dagesessen und sich nicht dem Mörder zugewandt.“

„Er könnte eingeschlafen oder betrunken gewesen sein“, bemerkte Carol.

„Betrunken oder nicht, man würde denken, daß einer hochschreckt, wenn er angegriffen wird.“ Er deutete auf den Boden des Fahrzeugs. „Der Typ hat seinen Wagen mit besonderen Matten ausgestattet – hochwertige dicke Teppichware. Als wir die Matte auf der Fahrerseite herausgenommen haben, war sie blutgetränkt, aber kein Scharren, kein Um-sich-trampeln, wie man es bei einem Kampf erwarten würde. Er hat sich nicht gewehrt, er ist einfach verblutet."

Carol blickte ins Wageninnere. Überall Blut: auf dem Lenkrad, getrocknet in V-Form auf dem Fahrersitz, auf dem Armaturenbrett. „Sie glauben, jemand auf dem Beifahrersitz hat ihn umgebracht?"

„Zwei Szenarien. Erstens: Es gibt einen Beifahrer, der beugt sich hinüber und schlitzt ihm die Kehle auf. Da sich das Lenkrad auf der rechten Seite befindet, wäre es hilfreich, wenn der Mörder Linkshänder ist. Ansonsten wäre es etwas unbequem, aber nicht unmöglich, vor allem wenn es keine Gegenwehr gibt. Die Alternative ist: Der Mörder steht draußen. Er öffnet die Fahrertür und erledigt das Opfer auf diese Weise. Die Obduktion wird erweisen, wie die Richtung des Schnittes verläuft, das gibt uns Aufschluß über den modus operandi."

„Eine schmutzige Art, jemanden zu erledigen", bemerkte Maureen.

Er nickte zustimmend. „Ich persönlich hätte mich für was anderes entschieden. Jemand ist äußerst vorsichtig zu Werke gegangen. Man sollte denken, daß der Mörder Blutspritzer abgekriegt hat, aber wir haben keine Fingerabdrücke gefunden – ob mit oder ohne Handschuhe. Kein verschmiertes Blut auf den Türgriffen, oder was immer der Kerl angefaßt haben könnte."

Als sie das Gebäude verließen, sagte Carol: „Wie es scheint, hat Flint den Pub verlassen und ist die sechs Kilometer bis zur Sackgasse gefahren, wo er im Dunkeln geparkt hat. Was sagt Ihnen das?"

„Weibliche Gesellschaft", antwortete Maureen. „Er hat geparkt, um sich schnell einen blasen zu lassen. Oder vielleicht könnte es sich um einen Drogendeal gehandelt haben, der schiefgelaufen ist."

„Die durchschnittene Kehle sieht mir nicht nach einem Drogendeal aus. In dem Fall wäre er wahrscheinlich erstochen worden. Dieses Szenario ist einfach zu ausgetüftelt."

„Mir kommt es vor, als gehörte Jim Flint zu der Sorte Männer, denen am Ende irgendwann ein größerer brutalerer Kerl den Schädel einschlägt", sagte Maureen. „Es ist kaum vorstellbar, daß er wie ein Lämmchen in seinem Auto sitzt, während ihm jemand die Kehle durchschneidet. Vielleicht wird uns die Autopsie erklären, warum er sich nicht gewehrt hat."

Da Carol hoffte, Leota käme am Samstagmorgen aus Canberra zurück, sagte sie: „Maureen, ich bitte Sie um einen großen Gefallen. Auf Drängen des Polizeichefs findet die Autopsie morgen früh um zehn statt. Ich weiß, daß Samstag ist, aber könnten Sie für mich hingehen?"

„Jeff Duke nimmt die Schlachterei selbst vor?" Als Carol nickte, gluckste Maureen. „Ich werde dort sein", sagte sie. „Für Jeff hab' ich schon immer was übrig gehabt."

***

Kent Humphries war in der vergangenen Woche im Ausland gewesen. Er hatte bei dem Qantas-Rückflug am Donnerstag von Los Angeles nach Sydney zur Bordbesatzung gehört. Carol war am Freitagnachmittag bei ihm zu Hause in Bondi verabredet. Sie fuhr allein hin, da Maureen zu Liz Carey gegangen war, um ihr einen vorläufigen Bericht über den Flint'schen Tatort herauszuleiern.

Da es für den Termin noch zu früh war, fuhr Carol einen Umweg über die Campbell Parade, die den ganzen Bondi Beach entlangführt, den berühmten, der in allen Reiseführer als *der Strand* von Sydney empfohlen wird. Carol war da anderer Meinung, sie fand die Strände im Norden von Sydney viel schöner. Trotzdem mußte sie zugeben, daß Bondi heute fantastisch aussah mit den weißen Brechern, die majestätisch heranrollten und sich in einer vollendeten Welle am weißen Sandstrand brachen. Auch am Wochentag standen dort viele bunte Sonnenschirme, und auf der Campbell Parade drängelten sich die Leute, aßen Eis, schlenderten umher oder genossen einfach den Blick aufs Wasser.

Mit Bedauern ließ Carol das glitzernde Wasser, die Schreie der segelnden Möwen und die frische salzige Luft hinter sich zurück. Wie immer angesichts des Meers erfüllte sie Ruhe. Vielleicht sollte sie am Meer wohnen wie Sybil, oberhalb eines herrlichen Strandes. Vom eigenen Haus blickte sie über das stille Wasser von Middle Harbour, aber das rastlose Meer hatte etwas, das sie ansprach.

Sie sah Sybils Haus vor sich, die steile Treppe, die zur Haustür führte, Sybil, die sich lächelnd umdrehte und zu ihr hinunterschaute. Resolut verdrängte Carol das Bild und konzentrierte sich auf die vor ihr liegende Begegnung.

Mark Bourke hatte überprüft, wann Kent Humphries mit Qantas dienstlich unterwegs gewesen war. Er verglich den Flugplan mit Martina Rules und Ian Stewarts Todeszeit, und es schien, als sei Humphries an beiden Tagen in Sydney gewesen. Das konnte reiner Zufall sein, hatte aber etwas Bestechendes, vor allem in Anbetracht der Tatsache, daß Humphries zum Zeitpunkt des Unfalls von Fancee Porter in Los Angeles einige Tage frei hatte. Noch lag die Information nicht vor, ob Humphries in dieser Zeit von dort nach Texas geflogen war.

Carol stieg die Terrakottastufen zur oberen Wohnung hoch. Dort hielt sie inne und betrachtete die Aussicht. Weder Strand noch Steilküste waren von hier aus zu sehen, aber das Ineinander der Blautöne von Himmel und Meer war herrlich genug.

Hinter ihr öffnete sich die Tür. „Kommissarin Ashton. Sie sind sehr pünktlich. Kommen Sie herein." In seiner Stimme schwang ein Anflug schottischen Akzents mit.

Das Foto von Kent Humphries hatte sie anziehend gefunden, denn in dem leicht asymmetrischen Gesicht hatte sie etwas Humorvolles entdeckt. Jetzt, da sie ihn in Person vor sich hatte, fand sie diese asymmetrischen Züge eher irritierend. Eine hochgezogene Augenbraue gab ihm einen dauernd fragenden Blick, und der einseitig herabgezogene Mund hatte etwas Mißbilligendes.

Er bot Carol einen Platz an, von dem aus sie über das Meer schauen konnte, und fragte: „Eine Erfrischung, Kommissarin? Als Flugbegleiter serviere ich garantiert mit Grandezza."

„Vielen Dank, nein. Ich habe nur ein paar Fragen, Mr. Humphries."

Er setzte sich ihr gegenüber und sagte liebenswürdig: „Schießen Sie los. Ich werde antworten, als hinge ich an einem Lügendetektor." Sein lässiger Ton klang entspannt, als könne keine der Fragen, die Carol stellen mochte, ihn auch nur für einen Moment in Verlegenheit bringen.

„Haben Sie je Fancee Porter getroffen?"

„O Gott, ja. Ich hatte einen Zwischenstop in LA, und da bin ich in eine Maschine nach Austin gehüpft, um sie zu besuchen."

Carol verbarg ihre Überraschung, wie anstandslos sie diese Erklärung bekam, und fragte ihn, warum er beschlossen hatte, Fancee Porter aufzusuchen.

Offensichtlich kam ihm die Gelegenheit, diese Frage zu beantworten, gerade recht. Lächelnd setzte er sich bequem zurück und begann: „Nun, zuerst einmal, wie Sie wissen, bin ich einer der Erbberechtigten des Rule'schen Vermögens."

„Wie haben Sie herausgefunden, daß Sie erbberechtigt sind?"

„Ich wußte schon immer, daß ich in irgendeiner Weise mit ihnen verwandt bin. Als ich klein war, hat meine Mutter mir alles über Thurmond Rule erzählt. Sie hatte die Vorstellung, daß er eines Tages bei uns auf der Matte steht, die Hände voller Dollars, und dann wäre alles geritzt. Das passierte natürlich nie."

„Somit haben Sie keine Kopie des Rule'schen Stammbaums von einem anonymen Absender geschickt bekommen?"

Er blickte sie irritiert an. „Nein. Hätte ich das sollen?"

„Es ist nicht so wichtig, Mr. Humphries. Sie sagen also..."

„Daß ich einer der Erbberechtigten bin, und wenn alles gut geht, bekomme ich einiges Geld. Das finde ich toll. Alles, was ich möchte, ist meinen fairen Anteil. Nur meinen fairen Anteil."

Er hielt inne, offenbar um sich zu vergewissern, daß Carol verstand, daß er nur das wollte, was ihm zustand, dann fuhr er fort: „Vermutlich werden Sie sagen, ich hätte einen leichten Tick, aber ich traue den Anwälten nicht. Das habe ich nie. Als ich mich mit Ambrose Slessor wegen meines Erbanspruchs traf, habe ich gleich gesehen, was für ein gerissener Hund das ist. Ich hielt es nur für klug, über die Kanzlei zu recherchieren. Schon bald stand für mich fest, daß diese dünkelhaften Slessor, Slessor, Dunkling und Gold ein ziemlich dubioser Verein sind, denn ich fand über die Jahre hinweg jede Menge fragwürdiger Dinge."

„Könnten Sie sich genauer ausdrücken?"

„Die Einzelheiten spielen keine Rolle – das ist Schnee von gestern. Hier von Bedeutung ist, daß Leoparden ihr Revier nicht wechseln." Er gluckste. „Entschuldigen Sie die verquere Metapher, aber Sie verstehen, was ich meine. Das Mindeste, was man über diesen Anwaltsklüngel sagen kann, ist, daß sie etliche Fälle sehr schlecht gehandhabt haben. Ich selbst halte das Verhalten eher für kriminell."

Er bedachte sie mit einem schiefen charmanten Lächeln und fuhr fort: „Sie sehen also, Kommissarin, ich hielt es für meine Pflicht, meine Miterben über den Stand der Dinge in Kenntnis zu setzen. Vorsicht ist die Mutter der Porzellankiste. Slessor et al haben völlige Kontrolle über den Besitz, bis die Erbschaft geregelt ist. Sie können ihn plündern – und ich glaube nun einmal, daß sie das tun – und sich unter den Nagel reißen."

„Dagegen können Sie Schritte unternehmen..."

Humphries warf die Hände hoch. „Ich hab's versucht, glauben Sie mir. Aber eine Krähe hackt der anderen kein Auge aus. Die Juristenbrüder in dieser Stadt halten zusammen wie Pech und Schwefel, alles Leute vom gleichen Schlag. Ich habe geklagt, aber es hat nichts gebracht."

„Eine formale Klage?"

Humphries zog die Schultern hoch. „Was hat das für einen Sinn? Der einzige Weg ist, sich zusammenzutun. Mit einer Stimme zu sprechen. Ich habe mich bemüht, alle unter einen Hut zu bringen."

Carol fragte sich, mit was für einer verqueren Metapher er wohl als nächstes käme. „Sie sprechen von den anderen Erben?"

„Ja! Zwei ausgenommen. Der kleine Ricky Webb ist erst zwölf, also hab' ich den außen vor gelassen, ebenso Nicholas Jordan, der im Dauerkoma liegt. Apropos Koma – Jim Flint erweckt einen ebensolchen Eindruck, er ist so ein Holzkopf. Ich habe versucht, ihm die Bedeutung der Situation klarzumachen, aber er hat mich nur angestiert wie ein Hornochse. Total behämmert. Den anderen hat es schon eher eingeleuchtet. Ich sprach mit Fancee Porter und Chuck Inman in den Staaten und in Sydney mit Ian Stewart und Susan Jordan." Er grinste, dann sagte er spöttisch lachend: „Oder sollte ich sagen *Ophelia Rule*?"

„Also haben Sie mit einer geschlossenen Front gerechnet?"

„So ungefähr. Unglücklicherweise hat Fancee sich totgefahren."

„Das muß zu der Zeit passiert sein, als Sie sie besucht haben", sagte Carol freundlich.

„Am Tag als sie starb, hab' ich sie nicht gesehen", sagte er rasch. „Ich traf sie am Tag davor. Genau gesagt, wußte ich gar nicht, daß etwas passiert war, bis Chuck mich anrief, als ich nach L.A. zurückkehrte. Er sagte, Fancee sei von der Straße abgekommen." Sein Mundwinkel verzog sich ein bißchen mehr. „Soff wie ein Loch, als ich bei ihr war", sagte er mißbilligend. „Und dabei war es erst morgens. Sie hat den Wodka weggeputzt, da war alles zu spät."

Offenbar liebte Kent Humphries ausführliche Antworten. Carol bestärkte ihn nur zu gern darin. Redseligkeit verleitete Leute oft dazu, mehr zu verraten, als sie eigentlich wollten.

„Haben Sie Chuck Inman tatsächlich getroffen oder nur am Telefon mit ihm gesprochen?" fragte sie.

Fröhlich antwortete er, Chuck hätte ihn zuerst angerufen, und dann hätten sie sich später in Houston getroffen. Er schloß mit der Anerkennung: „Ein echter Salz-der-Erde-Typ, wissen Sie."

„Mr. Inman hat Sie zuerst angerufen? Nicht Sie haben anfangs Kontakt aufgenommen?"

„Ich denke, ich muß zugeben, daß Chuck alles in Gang gesetzt hat. Ich hatte vor, die anderen anzurufen, aber ich war noch nicht dazu gekommen. Nach dem Telefonat mit Chuck wurde mir klar, daß es mir überlassen war, etwas zu unternehmen, und er unterstützte mich tausendprozentig. Chuck hat die gleiche Meinung von der Juristenmischpoke. Was nicht überrascht – es gibt in den Staaten Anwälte wie Sand am Meer. Er hat eine verblüffende Latte an Anwaltswitzen auf Lager. Wollen Sie eine Kostprobe?"

„Im Augenblick nicht, danke. Ich würde über eine Sache gern Klarheit gewinnen. Wessen Idee war es, die Erben davor zu warnen, wie die Anwälte mit dem Rule'schen Besitz umgehen?"

„Meine natürlich. Chuck hat die Idee total unterstützt. Er hat mich mit Fancee Porter in Verbindung gebracht. Ich nahm den Ball auf und rannte von dort aus los. Pack deine Sache an, sage ich immer."

„Sie haben Ian Stewart vor kurzem besucht."

„O ja, Ian Stewart." Er runzelte die Stirn. „Konservativer Knabe, fürchtet sich vor dem eigenen Schatten. Er wollte eigentlich nichts gegen die Rechtsverdreher unternehmen, aber ich habe ihn überzeugt, mitzumachen."

„Mr. Stewart ist tot."

Kent Humphries hätte nicht verblüffter dreinschauen können. Er starrte sie mit offenem Mund an. „Was haben Sie gesagt?"

„Mr. Stewart hat letzte Woche Selbstmord begangen."

„Selbstmord? Wie?"

Carol sagte bewußt schonungslos: „Valium und eine Plastiktüte über dem Kopf."

Er war entsetzt. „Gott, was für eine Art, aus dem Leben zu gehen."

„Es gibt schlimmere."

Er schluckte. „Da bin ich mir sicher, aber erzählen Sie mir nichts davon."

„Hat Mr. Stewart einen deprimierten Eindruck gemacht, als Sie ihn besuchten?"

„Deprimiert? Ganz und gar nicht. Er war einer von der stillen Sorte, aber keinesfalls niedergeschlagen. Ich kann's einfach nicht glauben..."

„Offenbar glaubt das niemand von denen, die Mr. Stewart kannten."

Er sah sie scharf an. „Was heißt das? Stewart hat sich nicht selbst umgebracht?"

„Das heißt, der Fall wird untersucht."

„Aber es könnte doch Selbstmord gewesen sein?“ wollte er sich vergewissern.

„Das ist absolut möglich.“ Sie sah ihn aufmerksam an, als sie hinzufügte: „Der gestrige Mord an Jim Flint steht dazu vielleicht nicht in Verbindung, macht uns aber vorsichtig, Stewarts Selbstmord einfach so zu glauben.“

„Großer Gott! Flint ist ermordet worden?“

„Leider ja.“

Unvermittelt sprang er auf und begann im Zimmer auf und ab zu gehen. „Doch nicht dieser Typ, dem man die Kehle durchschnitten hat? Es kam im Radio, aber es wurde kein Name genannt.“

„Das ist er.“

Humphries hielt inne, seine Schultern sanken herab. „Das ist ein Alptraum.“ Dann, indem er sichtlich um Fassung rang, versuchte er ein wenig überzeugendes Lachen. „He“, sagte er. „Als nächstes werden Sie mir sagen, daß uns jemand aus dem Weg räumt, einen nach dem anderen.“

***

Zur Spitzenzeit am Freitagnachmittag herrschte immer dichter Verkehr, doch infolge eines Unfalls auf der Kreuzung Old South Head Road und Bondi Road wurde die kurze Rückfahrt zum Polizeipräsidium eine echte Geduldsprobe für Carol. So ergriff sie die Gelegenheit zu einer Zwischenbilanz des Ermittlungsverfahrens, das der Polizeichef ihr aufgehalst hatte. Das Abschlachten von Jim Flint bestärkte die bis jetzt substanzlose Idee, daß es sich um eine Mordserie handelte.

Konnten die Morde tatsächlich miteinander in Verbindung stehen? Gab es jemanden, der hinter den Kulissen die Strippen zog und die Rule'schen Blutsverwandten ins Jenseits beförderte? Noch gestern hatte dieses Szenario ziemlich fantastisch gewirkt. Thurmond Rule war aller Wahrscheinlichkeit nach eines natürlichen Todes gestorben, Martina Rule und Fancee Porter bei Autounfällen, Ian Stewart durch eigene Hand. All das könnte man mit Schicksal erklären. Aber jetzt war Jim Flint eindeutig ermordet worden. Plötzlich sah es so aus, als wäre es lebensgefährlich, ein potentieller Erbe des Rule'schen Besitzes zu sein.

Und was, wenn jemand systematisch die Erben ermordete? Ophelia Rule hatte recht: Der letzte, der übrig blieb, wäre der mit dem besten Motiv, die Konkurrenz zu beseitigen. Rule war Multimillionär gewesen, und man sollte meinen, das reiche doch wohl für alle, aber Carol hatte in ihrem Beruf soviel blanke Gier am Werke gesehen. Ein Stück vom Kuchen war manchen nicht genug. Sie wollten ihn ganz.

Wenn dieses Szenario stimmte, wurden die übrigen Erbberechtigten zu Verdächtigen. Sie ging sie der Reihe nach durch: Ricky Webb und Nicholas Jordan konnte sie streichen, Ricky, weil er so jung war, Jordan, weil er im Koma lag. Chuck Inman sollte heute in Sydney eingetroffen sein, aber zum Zeitpunkt der Todesfälle war er Tausende von Kilometern entfernt in Texas.

Damit blieben zwei übrig: Kent Humphries und Ophelia Rule, ehemals Susan Jordan. Ophelia war es gewesen, die in ihrer stoischen Art zum Ausdruck gebracht hatte, daß der zuletzt übrige Erbe der Mörder sein mußte. Das schloß sie nicht von dieser Rolle aus. Carol hätte, wäre sie eine Mörderin, selbst ohne weiteres solche Gedankenspiele fabrizieren können, um damit ihre Unschuld zu beweisen.

Kent Humphries war überaus erstaunt gewesen, als er von Ian Stewarts Tod hörte, und erschüttert über den Mord an Jim Flint. Er war überzeugend gewesen. Aber Carol hatte schon Soziopathen erlebt, die Emotionen so überzeugend vortäuschen konnten, daß sie selbst erfahrene Psychiater an der Nase herumführten. Vielleicht war Humphries ja auch ein begabter Schauspieler, der seine Rolle mit Überzeugungskraft spielte. Vorsätzlicher Mord erforderte Heimtücke und Gelegenheit. Ophelia Rule besaß die Heimtücke, einen Mord zu begehen – aber die Gelegenheit? Kent Humphries hatte die Gelegenheit. Besaß er auch die Heimtücke?

Natürlich könnten Kent Humphries und Ophelia Rule auch gemeinsam beschlossen haben, die anderen Erben zu beseitigen, dachte Carol grinsend. Dann würden am Ende bestimmt die beiden aufeinander losgehen. Carol kam zu dem Schluß, daß sie auf Ophelia wetten würde.

Ihr Telefon klingelte leise. Es war zwar verboten, beim Fahren zu telefonieren, aber Carol schätzte, daß dieses Stop-and-Go-Geschleiche kaum als Fahren galt. „Carol Ashton."

Es war Anne Newsome. Sie hatte Chuck Inman in der Leitung, der wissen wollte, wann er Carol heute nachmittag in ihrem Büro aufsuchen könne. Carol sah, daß sich der Verkehrsstau ganz vorn aufzulösen begann, und sagte, sie sei in einigen Minuten da, Anne könne Inman ausrichten, er solle sofort kommen. „Und, Anne, ich möchte Les Upton sprechen."

Nach einer Pause meldete Upton sich. „Les, ich möchte, daß Sie die Einwanderungsbehörde anrufen... Ich weiß, daß es Freitagnachmittag ist, aber versuchen Sie's trotzdem. Ich möchte wissen, ob ein amerikanischer Staatsbürger namens Charles James Inman, genannt Chuck Inman, in den letzten drei Jahren in Australien eingereist ist. Nein, lieber in den letzten zehn Jahren."

8

Chuck Inman sah überraschenderweise ganz anders aus, als Carol sich vorgestellt hatte. Am Telefon hatte sie ihn als Draufgänger erlebt, aggressiv und streitlustig. Sie stellte ihn sich in blankpolierten Cowboystiefeln und mit breitrandigem Stetson auf dem Kopf vor. Der Mann, der in ihr Büro geführt wurde, war ein nach außen latschender Typ in zerknitterter grauer Hose und unpassend grauer Anzugjacke. Sein blaues Hemd wirkte ungebügelt, und sein bunter Schlips hing lose um seinen Hals.

Sie sah nach den Schuhen. Ja, zumindest bei denen lag sie richtig, obwohl die Stiefel nicht blitzblank waren, wie sie es sich vorgestellt hatte, sondern abgetragen und ungepflegt.

Inman hatte dichtes rötlich-braunes Haar, das ihm bis auf den Kragen reichte. Die rötlichen Stoppeln zeigten an, daß er sich schon eine Weile nicht rasiert hatte. Der lange Flug über den Pazifik schien ihm nichts ausgemacht zu haben, strahlend und mit ausgestreckter Hand kam er auf sie zu.

„Bin heute morgen mit dem Flieger angekommen und wollte mir ein Auto mieten, aber ihr Aussies fahrt auf der falschen Straßenseite, wissen Sie das? Also hab' ich ein Taxi zum Hotel genommen, ein Nickerchen gemacht und bin jetzt so gut wie neu. Ich sage Ihnen, das ist vielleicht ein Flug. Daß er so lange dauert, hätte ich nicht erwartet." Fest drückte er ihre Hand. „Und Sie sind also Carol. Sie sind eine gutaussehende Lady, wenn ich das hier sagen darf."

Carol wußte, daß es klug war, sofort die Machtverhältnisse klarzustellen, deshalb durchkreuzte sie Inmans plumpe Vertraulichkeit. „Kommissarin Ashton, Mr. Inman."

Solche Reserviertheit war nichts für Inman. „Chuck, Carol. Nennen Sie mich Chuck."

„Ich würde die Formalität vorziehen, Mr. Inman."

Ein Achselzucken. „War ja nur freundlich gemeint."

Als sie sich beide gesetzt hatten, sah er sich aufmerksam im Zimmer um. „Weltweit das gleiche", bemerkte er. „Ein Polizeibüro sieht aus wie das andere." Und mit zackiger Galanterie fügte er hinzu: „Im Gegensatz dazu strahlt Ihre Schönheit um so mehr."

„Danke, Mr. Inman. Darf ich fragen, ob Sie schon einmal in Australien waren?"

Er spreizte die Finger. „Alles ist absolut neu für mich. Wie ich höre, ist es ein wundervolles, wundervolles Land."

Bevor er sich weiter darüber verbreiten konnte, warf Carol rasch ein: „Und weswegen wollen Sie mich sprechen?"

„Ambrose Slessor hat eine sehr hohe Meinung von Ihnen." Er wurde ernst. „Ich kann zugeben, wenn ich mich irre. Hab' heute morgen ein paar Scharten ausgewetzt. Ich rief Ambrose an und sagte ihm, ich wäre etwas voreilig gewesen, als ich ihn und seine Partner als Schreibtischtäter bezeichnet hatte. Ich fragte, ob ich mir das Anwesen vom guten alten Rule ansehen könnte, schließlich würde ich ja einen Teil davon erben. Auf dem Foto sieht es bombastisch aus und liegt auch noch direkt am Wasser. Sie haben hier einen Hafen von Weltklasse, wissen Sie."

Carol seufzte in sich hinein. Sie dachte an Humphries Redseligkeit, aber das hier schlug einfach alles. Dieser Kerl quatschte dir glatt die Ohren ab.

„Was hat Mr. Slessor dazu gesagt?" fragte sie in der Hoffnung, die Geschichte abkürzen zu können.

„Ambrose sagte nein. Sagte aber auch warum. Das Gericht hat noch nicht darüber befunden. Ich verstehe, was er meint, allerdings könnte ich ja einfach runterschlendern und einen Blick drauf werfen."

„Mr. Inman –"

„Ich soll zur Sache kommen? Ich habe heute nachmittag mit Kent Humphries gesprochen, der sagte, Sie hätten gerade seine Wohnung verlassen. Ich war geschockt, als er erklärte, daß Ian Stewart nicht mehr unter uns ist. Daß er sich umgebracht hat."

„So sieht es aus."

„Und dann hat Kent gesagt, daß Jimmy Flint von einem oder mehreren Unbekannten ermordet wurde." Er schüttelte so heftig den Kopf, daß seine Haare flogen. „Hab' Sie gewarnt, nicht wahr? Hab' gesagt, daß irgendwas komisch ist."

„Vielleicht wollen Sie es mir erklären."

Inman strahlte sie an. „Klasse Lady, Sie halten sich bedeckt und lassen mich reden."

Carol wartete. Inman nickte. „Chuck, unterschätz die Lady nicht. Die wird mit dir Schlitten fahren."

„Interessant", sagte Carol, „aber nicht richtig. Also, Sie sagten, etwas sei Ihnen komisch vorgekommen."

„Es ist ein Muster. Erstaunlich, daß Sie das nicht sehen." Er hielt drei seiner dicken Finger hoch. „Ein dreiteiliger Plan. Erstens: Beseitige die Tochter. Zweitens: Warte, bis sich die Erbberechtigten formiert haben. Drittens: Beginne die Reihe zu lichten. Fancee, Stewart, Flint. Wer weiß, wer der nächste ist."

„Müßte es nicht noch einen vierten Teil bei diesem Plan geben? Der Lohn des Mörders?"

„Money, money, money", sang er fast. Mit ein bißchen Bestärkung hätte er ihr glatt den Abba-Song vorgesungen, dachte Carol.

„Mr. Inman, das von Ihnen beschriebene Szenario suggeriert, daß der Mörder – sofern es einen gibt – sich unter den übrigen Erben befindet. Damit wären Sie einer der Verdächtigen."

Inman warf den Kopf zurück und lachte schallend. Dann wischte er sich die Augen und erklärte: „Ich habe erst heute morgen Ihr schönes Land betreten. Kommissarin. Als Jimmy Flint starb, befand ich mich vermutlich gerade über dem weiten blauen Meer."

„Man muß ja schließlich nicht alles selbst machen", bemerkte Carol.

Da schnalzte er die Zunge. „Benutz nie eine dritte Person, sage ich immer. Am Ende nimmt sie dich aus wie eine Weihnachtsgans. Mach es selbst oder laß es."

„Einmal angenommen, Sie hätten recht mit Ihrer Theorie, Mr. Inman. Haben Sie eine Ahnung, wer dafür verantwortlich sein könnte?"

„Euch Aussies könnte ich stundenlang zuhören, wissen Sie. Ein toller Akzent."

„Also haben Sie keine Ahnung?"

„Eric Rule." Er lehnte sich zufrieden grunzend zurück.

Nicht sonderlich überrascht, da Vida Drake diesen gar nicht plausiblen Gedanken, Eric Rule beseitige die Erben, bereits vorgebracht hatte, sagte Carol: „Thurmond Rules Sohn? Er ist vor langer Zeit verschollen und offiziell für tot erklärt worden."

„Offiziell für tot erklärt, heißt ja nicht unbedingt tot. Tatsächlich weilt er sehr wohl unter den Lebenden."

„Sie haben Beweise, daß Eric Rule lebt?" fragte Carol skeptisch.

„Habe ich", antwortete Inman befriedigt.

„Sie haben Mr. Slessor davon informiert? Als Treuhänder des Rule'schen Vermögens muß er sofort informiert werden, wenn ein direkter Nachkomme gefunden wird."

„Gefunden eigentlich nicht." Er beugte sich vertraulich vor. „Ihr hier bei der Kripo – arbeitet ihr mit Parapsychologie? Da bin ich mir sicher, aber ihr gebt es nicht zu."

Eine Welle der Irritation schwappte über Carol hinweg. Sie hatte einen Bericht für den Polizeichef zu schreiben – mit Kopie für Kriminalrat Edgar. Dann war da Tante Sarah, die sie mit dem Versprechen eines guten altmodischen Roastbeefs zum Abendessen heimlockte. Und hier saß dieser Amerikaner und hielt sie auf, indem er von Parapsychologie schwafelte. In kühlem Ton sagte sie: „Parapsychologie entspricht nicht den Prinzipien der Polizei."

Inman schlug mit der Hand auf den Schreibtisch. „Mit mir können Sie ruhig offen reden. Ich weiß, wie das ist. Nichts Offizielles, aber so hinten rum..." Er zwinkerte wissend

In ihrem Beruf hatte Carol gelegentlich mit Hellseherinnen und Hellsehern zu tun gehabt, und es machte sie ganz mißtrauisch, wenn die in Fälle verwickelt waren. Oft klammerten verzweifelte Eltern, deren Kinder vermißt wurden, sich an sie als letzte Zuflucht. Einige Male war Carol tatsächlich überrascht gewesen, welche Informationen diese unkonventionellen Hilfen vermittelten, im allgemeinen aber hielt sie die ganze Sache eher für ein deprimierendes Beispiel, wie verzweifelte Hoffnungen die pragmatische Vernunft unter sich begruben.

„Sie haben also mit einem Hellseher über Eric Rule gesprochen?“ fragte sie und hoffte, daß ihr Zynismus nicht allzu offensichtlich war. Vielleicht glaubte er ernsthaft an übersinnliche Kräfte.

„Hab’ sie selbst engagiert. Dachte, es sei das Geld wert. Exzellente Frau. Tolle Erfolgsquote. Ist in den Staaten im Fernsehen aufgetreten. Vielleicht haben Sie schon von ihr gehört? Katarina Thane?“

„Der Name sagt mir nichts.“

„Katarina wußte sofort, daß Eric Rule nicht tot ist.“

Das kann doch nicht wahr sein, dachte Carol. „Ich brauche handfeste Beweise, Mr. Inman.“

„Ach, eine Skeptikerin? Ich auch, total skeptisch. Aber Katarina hat etwas sehr Überzeugendes. Sie wären sicher der gleichen Meinung, wenn Sie ihr begegnen würden. Eine reizende junge Frau. Und wie ich sagte, eine tolle Erfolgsquote. Sie hat schon Leute gefunden, Tote, was niemand sonst geschafft hat. Sie hat zahllosen Familien Frieden gegeben.“

„Und wo ist Eric?“ fragte Carol. „In Amerika?“

„Nein, nein. Er hat Australien nicht verlassen. Katarina sagt, er hat eine neue Identität angenommen und zieht seit Jahren im Land herum.“

Als er Carols Gesicht sah, fuhr er fort: „Wissen Sie, Zeit und Raum sind für echte Hellseher ohne Belang. Es war absolut unglaublich, wie sie Erics Gedanken und Gefühle aufgegriffen hat."

Carol wollte das Gespräch so schnell wie möglich beenden, hörte sich aber sagen: „Und warum ist Eric verschwunden? Als sein Vater starb, warum meldete er sich da nicht und reklamierte sein Erbe? Warum sollte er herumreisen und die Erben in spe umbringen, wenn er, als Thurmond Rules Sohn, der Alleinerbe des gesamten Vermögens ist?"

„Das müssen Sie Eric fragen, wenn Sie ihn verhaften", sagte Inman. „Ich hoffe, ich habe Ihr Wort, daß Sie sofort die Fahndung einleiten."

Carol konnte sich genau vorstellen, was das ihrer Karriere antäte, wenn sie einen derartigen Schritt unternähme. „Ohne konkreten Beweis, daß Eric Rule lebt, ist das unmöglich."

Unvermittelt sprang er auf. „Da gehen unsere Ansichten erheblich auseinander!" Er ging zur Tür. „Ich habe von Ihrer wertvollen Zeit schon allzu viel in Anspruch genommen."

Carol stand auf, unglaublich erleichtert, daß der Mann endlich ging. „Auf Wiedersehen."

An der Treppe drehte Chuck Inman sich zu ihr um. „Ich bitte Sie nicht um Polizeischutz", sagte er, „auch wenn ich überzeugt bin, Zielscheibe zu sein. Ich treffe meine eigenen Vorkehrungen. Ambrose Slessor hat mich an Fred Verrell verwiesen. Ich glaube, Sie kennen ihn."

Das Bild von Fred Verrell tauchte vor Carol auf, wie er mit seinem kleinen schwarzen Pudel unter dem Arm herumlief. Verrell und sein Pudel beschützten Chuck Inman? Ein lachhafter Gedanke.

„Fred Verrell ist Ihr Bodyguard?"

„Nicht direkt Fred, nur bei meinen großen Auftritten. Ein paar andere Jungs, Ledmark und Gallagher, werden die meiste Zeit bei mir sein."

„David Ledmark?"

Er nickte. „Das ist der Mann."

Als sie in ihr Büro zurückkehrte, dachte Carol angewidert an Fred Verrell. Fred Verrell als Bodyguard, das hatte sie sehr amüsant gefunden, der Typ selbst war es keineswegs. Höchst ärgerlich wäre zutreffender.

Ein anmaßender kleiner Mann, ein Meister im Deckeln Unterlegener, der sich bei seinen Klienten einschleimte, daß es einem den Magen hob. Seine mangelnde Körpergröße war ihm sichtlich ein Ärgernis. Er trug Plateausohlenschuhe und hielt sich absolut gerade, Kreuz durchgedrückt, Kinn hochgereckt, um ein paar Zentimeter größer zu erscheinen. Sie hatte bemerkt, wie er vermied, neben ihr zu stehen oder neben anderen, die ihn überragten, vor allem Frauen.

Sie war ganz in Gedanken, als Les Upton sie auf ihrem Weg ins Büro am Ärmel zupfte. Sie hielt sich gerade noch zurück, ihm unwillkürlich auf die Finger zu hauen, und fragte: „Was gibt's, Les?"

„Liam Doherty, der Zeuge des Unfalls, bei dem Martina Rule starb – er ist verschwunden. Er hat sechs Jahre lang in derselben Pension gewohnt, dann verschwand er eines Tages und ließ all seine Sachen zurück."

„Wurde er als vermißt gemeldet?"

„Schließlich doch. Seine Wirtin ist nach einer Weile zur Polizei gegangen und hat gefragt, was sie mit Dohertys Zeug tun soll. Sie haben die unidentifizierten Toten überprüft und die Einlieferungen in Krankenhäuser. Nichts. Der Typ ist einfach verschwunden."

Carol verspürte ein Unbehagen, schließlich hatte sie selbst Martina Rules Tod untersucht. War es vorschnell gewesen, den offensichtlichen Unfall als solchen zu akzeptieren? „Was ist mit dem Lastwagenfahrer? Sid Hawkins?"

„Hawkins ist außer Landes. Er ist noch nie zuvor gereist, weil sein Kleingewerbe nicht genug hergab. Dann hat er plötzlich durchblicken lassen, er sei ordentlich zu Knete gekommen. Kurz darauf hat er seinen Laden dichtgemacht und sich nach Bali abgesetzt."

Les Upton sah aus, als hätte er einen Trumpf im Ärmel. Carol machte sich auf schlechte Nachrichten gefaßt. „Und weiter?"

„Hawkins und Doherty haben sich angeblich nicht gekannt. Praktischerweise – denn so war Doherty als Zeuge sehr viel überzeugender. Fakt ist aber, das stimmt nicht. Die beiden waren Mitglieder des Eastern Suburbs Rugby League Clubs. Als ich herausfand, daß Hawkins diesem Verein angehört, hab' ich nach Doherty gesucht. Überraschung! Sie sind beide zur gleichen Zeit eingetreten, vor ungefähr einem Jahr."

Zu diesem Verein gehörten die Roosters, eine Rugby-Profiliga-Mannschaft der östlichen Vororte von Sydney. Wie bei solchen Sportvereinen üblich gab es ein Zentrum für Mitglieder mit einem breiten Angebot an Sportgeräten und Trainingsmöglichkeiten, Bars, Restaurants und Pokermaschinen zur Aufbesserung der Vereinskasse. Daß beide dem gleichen Verein angehörten, war interessant, daß sie zur gleichen Zeit eingetreten waren, ließ alle Alarmglocken schrillen.

„Gut, Les, nun finden Sie heraus, wo genau Hawkins sich in Bali aufhält. Ich muß ihn vernehmen. Arrangieren Sie gegebenenfalls seine Überstellung."

Upton schien überrascht. „Was werfen wir ihm vor?"

„Versuchen wir's mit Mord."

Das unbehagliche Gefühl, daß die Dinge ihrer Kontrolle entglitten, verschärfte Carols Stimme. „Ich möchte, daß Sie in diesem Punkt mit Anne zusammenarbeiten. Wir müssen wissen, ob irgend jemand, der mit Thurmond Rule oder seiner Tochter zu tun hatte, mit Hawkins oder Doherty in Verbindung steht. Und wenn es sich um ein Mordkomplott handelt, sind diese beiden Typen für ihre Arbeit gut bezahlt worden, also suchen Sie nach der Spur des Geldes."

Carol fiel ein, daß der Sportverein sich an der Bondi Junction befand, nicht weit von Kent Humphries Wohnung. „Und, Les, überprüfen Sie, ob einer der Rule'schen Erben etwas mit diesem Club zu tun hat. Anne wird Ihnen die Namen geben."

Uptons Gesicht strahlte. „Das macht richtig Spaß."

Dieses verbissene Wühlen, wenn sich Sackgasse an Sackgasse reihte und nur ein paar Spuren sich als ergiebig erwiesen, hatte nie Carols Auffassung von Freude an der Arbeit entsprochen. „Wenn Sie nur Spaß an der Arbeit haben, Les, wie steht's mit Chuck Inman?"

„Die Einwanderungsbehörde hat mich noch nicht zurückgerufen. Ich denke, sie werden sich frühestens Montag melden."

„Wenn bis Montag früh nichts passiert ist, machen Sie Dampf. Sagen Sie denen, daß der Polizeichef dringend drauf wartet. Und sobald Sie die Information haben, melden Sie sich bei mir."

Anne war in der engen kleinen Küche und tunkte einen Teebeutel in heißes Wasser. „Möchten Sie auch eine Tasse Tee?" fragte sie. „Garantiert besser als Ihr Kaffee."

„Kein Tee, danke. Les hat Informationen über Martina Rules Tod aufgetan." Sie faßte Uptons Ermittlungen kurz zusammen und erklärte die Notwendigkeit, eventuelle Verbindungen zwischen den beiden Männern und denen, die mit Rule etwas zu tun hatten, herauszufinden.

„Sie denken an Mord?" fragte Anne.

„Es sieht so aus."

„Ist Martinas Vater auch ein Opfer?"

Carol verzog das Gesicht. „Das kommt in die Schublade: zu schwierig. Es besteht kein Zweifel, daß Rule Krebs hatte. Als er starb, stand er schwer unter Morphium. Vielleicht hat ihm jemand eine tödliche Spritze verpaßt, aber wer sagt, daß es Mord war oder nur Sterbehilfe, als Akt der Nächstenliebe?

Der Leichnam wurde verbrannt. Solange also niemand von Schuldgefühlen geplagt zu uns kommt und bekennt, belassen wir's bei der Aussage: natürlicher Tod."

Anne nippte nachdenklich ihren Tee. „Wer profitiert von Martina Rules Tod?" Sie beantwortete ihre Frage selbst: „Nicht Juanita Paz, die verlor die Aussicht auf dreihunderttausend mit der Änderung des Testaments. Die entfernten Verwandten Rules sind weit besser dran, weil Martina ihrem beträchtlichen Erbe im Weg stand."

„Die Menge des Geldes ist nicht immer der Indikator", sagte Carol und dachte an Fälle, in denen, gemessen am Durchschnittsstandard, für eine armselige Summe gemordet worden war.

„Ich habe Chuck Inman hereinkommen sehen. Er hat mächtig Eindruck auf mich gemacht."

„Er hat Ihnen Komplimente über Ihr Aussehen gemacht?"

Anne grinste. „Ich kann Ihnen sagen. Bestimmt hat schon lange niemand mehr zu Ihnen *kleine Lady* gesagt."

„Mr. Inman glaubt, er sei in Gefahr, deshalb hat er sich einen Bodyguard engagiert, und das ist zufällig Ihr neuer Freund David Ledmark. Sie könnten sagen, ich hätte Sie offiziell darin bestärkt, Kontakt mit ihm aufzunehmen. Sehen Sie, was Sie herausfinden."

„Irgendein spezieller Aspekt?"

Carol zuckte die Achsel. „Ich weiß nicht genau, wonach ich suche. Verlassen Sie sich auf Ihre Instinkte." Grinsend tippte sie der Wachtmeisterin auf die Schulter. „Nicht unbedingt *all* Ihre Instinkte, Anne, obwohl Mr. Ledmark ein gewisser Sexappeal nicht abzusprechen ist..."

Sie verließ die lachende Anne und ging zu Miles Li, den sie mit der Aufgabe betraute, die amerikanische Hellseherin Katarina Thane ausfindig zu machen, von der Inman gesprochen hatte. „Sie hat bestimmt eine Website, Miles. Versuchen Sie, sie aufzutreiben." Dann kehrte sie an ihren Schreibtisch zurück, um den Bericht für den Polizeichef fertigzuschreiben. Sie hielt die Akte immer auf dem laufenden, so wie die Informationen hereinkamen. Als sie Ophelia Rules Namen schrieb, zögerten ihre Finger auf den Tasten. Nach kurzem Nachdenken schlug sie die Nummer nach und wählte. „Hier ist Kommissarin Ashton, Ms. Rule."

Noch ehe sie etwas hinzufügen konnte, fuhr Ophelia sie bissig an: „Chuck hat mich angerufen und gesagt, er war bei Ihnen, und Sie hätten ihm nicht ein verdammtes Bißchen geholfen."

„Mr. Inman hat Ihnen von Jim Flint erzählt?"

„Ja klar. Was werden Sie also tun, hm? Stewart ist tot. Flint ist tot. Haben Sie vor zu warten, bis alle hinüber sind, bevor Sie Ihren Hintern hochkriegen?"

„Leider gibt es momentan nur Mutmaßungen. Wenn es irgendwelche stichhaltigen Beweise gibt, werde ich natürlich sofort handeln. Bis dahin kann ich legal gar nichts tun."

„Weshalb rufen Sie mich dann an?"

„Um Sie zu fragen, wie es um die Sicherheit der Einrichtung bestellt ist, in der Ihr Bruder untergebracht ist."

„Nick? Er weiß doch nicht mal, ob es Tag oder Nacht ist."

„Solange er lebt, kann Ihr Bruder noch erben. Die Erbschaft wird in seinen Besitz übergehen, den zweifellos Sie verwalten. In jedem Fall ist er erbberechtigt."

„Was wollen Sie damit sagen? Daß jemand die Maschinen abstellen könnte?"

„Nur als Vorsichtsmaßnahme empfehle ich Ihnen, der Einrichtung nahezulegen, erhöhte Sicherheitsvorkehrungen zu treffen."

„Wie nett von Ihnen, sich um die Sicherheit eines buchstäblichen Wracks zu sorgen, aber was ist mit mir?" Ophelia bellte in den Hörer: „Ich höre von Ihnen keine Warnung, auf der Hut zu sein."

„Es wäre klug, wenn Sie, Mr. Humphries und Mr. Inman

sich sehr in acht nehmen, wohin Sie gehen und mit wem Sie sich treffen."

Ophelia schnaubte spöttisch. „Chuck ist überzeugt, daß es Eric Rule auf uns abgesehen hat."

„Mr. Inman verläßt sich da auf die Aussage einer Hellseherin", sagte Carol in neutralem Ton.

„Eine Hellseherin!" zischte Ophelia verächtlich. „Kommen Sie mir nicht mit diesem Wu-wu-Kram. Blödes Zeug, wenn Sie mich fragen."

***

Als Carol sich zum Gehen anschickte, ziemlich ermüdet, nachdem sie zähneknirschend auf die verschiedenen Nachfragen der Medien nach dem Fortgang ihrer Ermittlungen in Sachen Rule eingegangen war, verstellte Les Upton ihr den Weg. „Da ist etwas, das Sie wirklich wissen müssen. Sid Hawkins ist vor zwei Monaten bei einer Rauferei vor einer Bar in Bali erstochen worden. Niemand wurde verhaftet und wird es wohl auch nicht werden. Es war eine hitzige Rangelei, und als die Polizisten auftauchten, rannten alle weg." Er lachte betrübt. „Außer denen, die's nicht mehr konnten, wie Hawkins."

Es war ein Segen, allein im Wagen zu sitzen. Carol wußte, sie würde die Fahrt nach Hause genießen, auch wenn die Straßen durch den Freitagabendverkehr verstopft waren. Bald würde ihr das Herz aufgehen, wenn sie den langgestreckten Hügel hinabfuhr mit dem atemraubenden Blick über Middle Harbour und Spit Bridge, dann auf der anderen Seite hinauf und in die friedlichen Straßen floh.

Sie würde auf dem Stellplatz bei ihrem Haus parken, das hoch über dem Wasser lag, umgeben von Eukalyptusbäumen, den Motor abstellen und sich in einer stilleren Welt befinden – mit dem Rascheln des Windes in den Blättern, dem verschlafenen Piepsen der Vögel, die sich zur Ruhe begaben.

In einer dahinkriechenden Blechlawine steckend, nutzte sie die Zeit, über die neuesten Entwicklungen des Verfahrens nachzudenken. Der Tod von Hawkins und das Verschwinden von Doherty machten es um so wahrscheinlicher, daß Martina Rule vorsätzlich totgefahren worden war. Wenn es sich nicht um einen Unfall handelte, ergaben sich neue Möglichkeiten. Vielleicht war sie aus Gründen umgebracht worden, die überhaupt nichts mit dem Vermögen zu tun hatten, das sie erben würde. Ein eifersüchtiger Liebhaber? Unbezahlte Rechnungen für eine Drogensucht? Jemand, mit dem sie in ihrem kurzen, doch stürmischen Leben überkreuz geraten war?

Finanzieller Vorteil oder persönlicher Haß waren die beiden häufigsten Mordmotive. Die Schlüsselfrage war jedesmal: Wer profitiert davon? Es gab eine Menge Leute, die Grund hatten, Martina nicht zu mögen, aber es war kein Kandidat für einen vorsätzlichen Mord hervorgetreten. Dieser Mord war akribisch geplant worden. Ihm lag keine Affekthandlung zugrunde. Jemand hatte Hawkins und Doherty dazu gebracht, in diesem Plan eines als Unfall getarnten Mords an Martina Rule als Hauptfiguren zu fungieren, einem so sorgfältig ausgeheckten und durchgeführten Plan, daß er um ein Haar geklappt hätte.

Chuck Inmans Bemerkung: „Mach es selbst oder laß es", war ein Rat, den viele Mörder hätten beherzigen sollen. Jeder Auftragsmord barg zwei nicht zu unterschätzende Risiken. Erstens, der gedungene Mörder könnte geschnappt werden und dich verraten. Zweitens, der Auftraggeber war der sehr realen Bedrohung durch Erpressung ausgesetzt. Bei Mord empfahl sich fast immer die Regel: Selbst ist der Mann.

Als Carol den Tag Revue passieren ließ, wurde ihr plötzlich klar, wie sehr sie ihre Arbeit liebte – trotz Frustration und Druck. Dieses Bewußtsein hat mit dem drohenden Verlust zu tun, dachte sie. Und dabei fiel ihr ein, daß Sybil einmal gesagt hatte, mit einer Spur Bitterkeit in der Stimme: „Carol, du bist deine Arbeit. Deine Arbeit bist du." Damals war Carol einfach darüber weggegangen, hatte es für einen süffisanten Seitenhieb auf ihre ewigen Überstunden gehalten. Aber jetzt betrachtete sie die Bemerkung in anderem Licht. Und sie mußte zugeben, daß es stimmte. In vieler Hinsicht definierte ihre Arbeit, wer sie war.

Endlich dem Verkehrsstau entronnen, genoß Carol die restlichen Minuten ihrer Fahrt durch die grünen Vorortstraßen. Sie parkte den Wagen auf ihrem Stellplatz an der Straße, winkte ihrer Nachbarin und rief ihr zu, daß sie Olga, deren Deutsche Schäferhündin, auf ihrem Morgenlauf durchs Buschland in der Frühe mitnähme. Infolge ihrer Arbeitsüberlastung war Carol die letzten Tage nicht dazu gekommen, und sie vermißte den Energieschub, den das Laufen ihr immer gab.

Sie nahm die Aktentasche aus dem Kofferraum und ging zum Gartentor. Dort blieb sie stehen und betrachtete ihr Haus und ihren Garten im sanften Dämmerlicht am Hang. Besitzerstolz erfüllte sie. Wie könnte sie das geliebte Haus je verlassen?

Bereits beim Öffnen der Haustür lief ihr das Wasser im Mund zusammen, so wunderbar duftete Tante Sarahs Braten. Roastbeef mit allem Drum und Dran gehörte schon immer zu ihren Lieblingsgerichten.

Ihre Tante umarmte sie zur Begrüßung. Carol trat zurück und musterte sie von oben bis unten. Statt ihrer gewohnten farbenprächtigen Overalls sah sie erstaunt den bedeckten Aufzug. „Du trägst schwarz?"

„Schwarz macht schlank, Darling, und ich möchte doch gut aussehen, wenn mein Porträt ausgestellt wird. Ich hab' ihn in Bangkok nähen lassen. Ein wunderbarer Schneider hat ihn in wenigen Stunden angefertigt.“ Sie drehte sich im Kreis. „Na, wie findest du ihn? Zu streng?“

„Du siehst zauberhaft aus.“ Angezogen vom Bratenduft begab sich Carol sofort zur Küche.

„Vielleicht kann ich's mit roten Schuhe auflockern. Oder auch mit einem lila Schal.“

„Du wirst toll aussehen, so oder so.“

An der Küchentür wurde sie aufgehalten, Sinker, ihr schwarzweißer Kater hatte sie offensichtlich erwartet. Er starrte sie mit leeren Katzenaugen an, gab ein forderndes Miau von sich, um ihr klarzumachen, daß er halbverhungert war, vernachlässigt, daß es einfach unerträglich war.

„Er manipuliert dich, Darling“, sagte Tante Sarah, als Carol zum Schrank eilte. „Katzen verstehen das so gut. Ich wollte ihm den Spaß nicht verderben, deshalb hab' ich ihn noch nicht gefüttert.“

Nachdem sie Sinker zufriedengestellt hatte, goß Carol sich einen Scotch ein und ihrer Tante einen trockenen Sherry. „Es ist so schön, daß du hier bist“, sagte sie, als Tante Sarah sich umgezogen hatte. Sie trug jetzt ein langes lindgrünes Hemd.

„Da spricht dein Magen“, antwortete sie trocken. „Und als Gegenleistung für meine liebevolle spitzenmäßige Versorgung könntest du mir versprechen, nächsten Freitag zur Cocktailparty anläßlich meiner Porträtvorführung zu kommen. Mit dem Parken bei Sybils Haus ist es zwar schwierig, aber es wird schon irgendwie gehen. Es wird eine große Sache. Meine Ökohexen mieten einen Bus und kommen aus den Blue Mountains. Yancey hat ein paar Künstlerinnen und Künstler eingeladen und Sybil ihre Lehrerkolleginnen. Da du meine einzige Nichte bist, erwarte ich dich natürlich auch. Ich habe Pat und Mark Bourke eingeladen, und diese nette Anne Newsome will versuchen zu kommen. Schreib es als Muß in deinen Terminkalender. Nächsten Freitag halb acht.“

„Ich werd's versuchen."

„Das reicht nicht, Carol. Und eine Leiche lasse ich als Entschuldigung auch nicht gelten."

„Ich bin beim Morddezernat. Leichen sind mein Geschäft."

Tante Sarah betrachtete sie lange mit ernstem Blick. „Und was wird dein Geschäft sein, wenn du in die Staaten ziehst?"

„Ich hatte noch keine Zeit, mir darüber Gedanken zu machen."

Tante Sarahs Ausdruck verriet, daß sie das nicht für eine angemessene Antwort hielt, sie sagte aber nichts weiter dazu, sondern bat Carol, das Fleisch aufzuschneiden, während sie sich um die Soße kümmerte, die sie auf altmodische Weise in der Pfanne aus dem Bratensaft mit Mehl und Wasser anrührte.

Heftig rührend, sagte sie über die Schulter: „Sybil und Yancey haben Probleme in ihrer Beziehung. Vielleicht trennen sie sich sogar."

Der Zeitpunkt dieser Bemerkung machte Carol hellhörig. „Das hat nichts mit mir zu tun."

„Hab' ich auch nicht gesagt, Darling. Ich dachte bloß, es könnte dich interessieren."

„Nicht sonderlich."

„Sybil hat dir nichts davon gesagt?"

„Kein Wort", konnte Carol ganz wahrheitsgemäß antworten.

Ihre Tante bedachte sie mit einem ironischen Blick. „Kein Wort? Und dabei seid ihr beide, du und Sybil, im Begriff, wieder gute Freundinnen zu werden..."

Als Carol sich zu keiner Antwort herabließ, fuhr sie fort: „Als Sybil heute nachmittag hier war, haben wir über Yancey und mein Porträt gesprochen. Wir kamen von Hölzchen auf Stöckchen, und da erzählte sie mir von den Schwierigkeiten zwischen ihr und Yancey."

„Sybil war hier?“

„Wieso überrascht dich das? Ich bin für das Essen auf der Party zuständig. Zum Glück bringen die Ökohexen etwas mit. Sybil will sich um die Getränke kümmern.“ Sie legte den Kopf schief. „Du hast doch nichts dagegen, daß Sybil herkommt, oder?“

„Natürlich nicht.“

„Willst du mich nicht ausfragen?“

„Ich hatte nicht die Absicht.“

„Ach, bist du schwierig, aber wenn es um Sybil geht, hätte ich das erwarten können.“

Der friedliche, entspannte Abend, der Carol vorgeschwebt hatte, verschwand in der Ferne. „Du gibst wohl nie auf, Tante Sarah?“ sagte sie mit bissigem Unterton.

„Ich kenne dich, Carol –“

„Dann weißt du ja, daß ich über Sybil nicht reden will, auch nicht über Yancey oder die Cocktailparty. Es ist dein Porträt, ich bin stolz auf dich, und ich komme gern. Damit ist das Thema erledigt. Okay?“

„Hmmm“, murmelte ihre Tante. Carol hoffte, das Thema sei wirklich beendet, aber sie war nicht sehr optimistisch.

Nach einer Pause sagte Tante Sarah: „Ich habe mit Leota telefoniert. Sie wird heute abend noch einmal zurückrufen, aber sie hofft, morgen noch vor dem Lunch in Sydney zu sein.“ Und mit schalkhaftem Lächeln fügte sie hinzu: „Da ich weiß, daß ihr beide lieber allein seid, habe ich mit Hazel Foster ausgemacht, das Wochenende bei ihr zu verbringen. Sie holt mich morgen früh ab. Du erinnerst dich doch noch an Hazel, nicht wahr, Carol? Bevor sie aus den Blue Mountains nach Sydney gezogen ist, hielt sie unseren Hexenrekord in bezug auf Verhaftungen.“

„Ist das etwas, worauf jemand stolz sein kann?“

Tante Sarah lächelte bei der Erinnerung. „Ich kann dir sagen, die Ökohexen vermissen sie sehr. Sie war Spezialistin darin, sich bei Demos zu Boden zu werfen und tot zu stellen. Da sie ein bißchen was auf den Rippen hat, brauchte es immer mindestens zwei Polizisten, sie wegzutragen. Hazels Foto war ein paarmal in der Zeitung."

Nach dem Essen, als das Telefon läutete, sagte Tante Sarah: „Das wird Leota sein. Hab' ich eigentlich gesagt, daß ich sie auch zu meiner Porträtausstellung eingeladen habe? Nein? Dann muß ich's vergessen haben."

Carol zog einen Flunsch und griff nach dem Hörer. Das Timing dieser Information machte sie stutzig, denn ihrer Erfahrung nach vergaß ihre Tante selten etwas.

„Carol, mein Schatz", sagte Leota, „Ich kann's kaum erwarten, dich wiederzusehen. Ich komme mit dem Wagen von Canberra und sollte am Vormittag bei dir sein. Falls du arbeiten mußt, keine Sorge, ich werde mich nicht langweilen."

„Ich sitze an einem Fall, aber ich werde mir die Zeit freischaufeln." Carol hielt inne, dann sagte sie: „Darling..."

„Ja?"

„Ach, ich weiß nicht. Einfach Darling."

Leota ließ ihr weiches Lachen hören. „Bis morgen dann."

Carol legte auf und drehte sich zu ihrer Tante um. „Warum hast du Leota zur Party eingeladen?"

„Ich war sicher, daß sie mein Porträt interessiert. Und ich hatte recht. Sie hat meine Einladung augenblicklich angenommen."

„Dieser unschuldige Ton hält mich nicht zum Narren, Tante Sarah. Du führst doch etwas im Schilde..."

„Ich frage mich, warum du eigentlich so abwehrend bist?"

Carol wußte, auch wenn ihre Tante Leota sehr gern hatte, betrachtete sie Sybil als Teil der Familie. Sie hatte aus ihrem Kummer keinen Hehl gemacht, als Carol und Sybil sich trennten. Carol hegte den Verdacht, daß sie noch immer darauf hoffte, sie beide wieder zusammenzubringen."

„Du hattest dabei doch wohl nicht irgendeinen absurden Vergleichstest zwischen Leota und Sybil im Sinn, oder?"

„Natürlich nicht. Ich hielt es für höchste Zeit, daß die beiden sich kennenlernen, schließlich haben sie ein gemeinsames Interesse –" ein unbefangenes Lächeln – „und das bist du, Carol."

Bevor sie antworten konnte, läutete wieder das Telefon. Carol meldete sich und unterdrückte ein ungeduldiges Seufzen. „Wie sind Sie an diese Nummer gekommen, Vida?"

„Du lieber Himmel! Ich bin Journalistin."

„Ist es dringend? Wenn nicht, schlage ich vor, daß wir uns am Montag unterhalten. Sie werden doch gewiß verstehen, daß ich zu Hause nicht gestört werden möchte."

Carols abweisender Ton schreckte die Journalistin nicht ab. „Ich habe gerade Chuck Inman interviewt. Sehr interessant. Ich gebe Ihnen Gelegenheit, es zu kommentieren."

In dem Bewußtsein, daß Vida Drake durchaus zuzutrauen wäre, dieses Gespräch aufzunehmen und dann aus dem Zusammenhang gerissene Antworten zu zitieren, wählte Carol ihre Worte sehr vorsichtig. „Da ich das Interview weder gehört noch gelesen habe, bin ich nicht in der Lage, es zu kommentieren."

„Scharfe Antwort", sagte Vida. „Dann sagen Sie mir zumindest, was Sie von Chuck Inmans Hypothese halten, daß Eric Rule noch am Leben ist und es auf die Erben des väterlichen Vermögens abgesehen hat."

„Wir überprüfen alle Hypothesen unter dem Aspekt, ob glaubwürdige Beweise sie stützen."

Vida kicherte. „Die Einsichten einer Hellseherin heranzuziehen, zählt das als glaubwürdiger Beweis?"

„Kein Kommentar."

„Fürchten Sie nicht, daß ich Sie falsch zitiere, Carol. Sie können mir ruhig sagen, was Sie von Chucks kleiner Geschichte halten."

„Vielen Dank, Vida“, antwortete Carol trocken, „das ist beruhigend.“

„Die Erben kratzen weiter ab, stimmt's? Ziemlich schockierend, dieser brutale Tod von Jim Flint. Wie ich höre, wurde ihm die Kehle durchtrennt – von einem Ohr zum anderen. Angenommen, Sie fahnden nicht nach Eric Rule, haben Sie jemand anders im Verdacht?“

„Die Ermittlungen sind noch nicht abgeschlossen. Kein Kommentar.“

In verletztem Ton sagte Vida Drake: „Darf ich Sie daran erinnern, daß Sie beim Kaffee am Mittwoch volle Zusammenarbeit versprochen haben? Wo ist sie jetzt?“

„Derartiges habe ich nie versprochen. Ich habe gesagt, Sie seien eine der ersten, die von den Entwicklungen in Kenntnis gesetzt würden. Noch habe ich nichts, was ich Ihnen geben könnte.“

„Das heißt, Ihre Ermittlungen stocken? Was hält der Polizeichef davon? Glauben Sie, er würde eine Erklärung abgeben?“

„Da wenden Sie sich am besten an sein Pressebüro.“

„Beabsichtigen Sie, in nächster Zeit eine Pressekonferenz im Fall Rule zu geben? Oder wird Kriminalrat Edgar Ihnen wieder mal den Wind aus den Segeln nehmen?“

„Ich habe keine Zweifel, daß eine Verlautbarung erfolgen wird, sobald wir etwas Definitives zu sagen haben.“

„Sie mauern“, sagte Vida schroff. „Aber rechnen Sie nicht damit, daß ich aufgebe, Carol Sie werden meine Fragen früher oder später beantworten. Es könnte sehr wohl früher sein, meinen Sie nicht?“

„Sie sollten meine Tante Sarah kennenlernen,“ entgegnete Carol. „Sie haben eine Menge gemeinsam.“

9

Im Bett liegen, träge ineinander verschlungen, in spätnachmittägliches Sonnenlicht getaucht – so stellte Carol sich vollkommenen Frieden vor.

„Was denkst du?“ fragte Leota.

Carol streichelte Leotas samtigen Schenkel. „Welch schönen Kontrast wir bilden.“ Trotz ihrer leichten Bräune wirkte Carol neben Leota sehr blaß.

In wortloser Übereinkunft hatten sie nicht über die Zukunft gesprochen, doch nun sagte Leota: „Ohne dich zu leben, fiele mir sehr schwer.“

„Ich dachte gerade das gleiche.“

„Schatz, ich weiß, wie beängstigend es ist, dich zu bitten, dein Land zu verlassen und mit mir zu kommen.“ Sie hinderte Carol zu antworten, indem sie ihr mit dem Finger den Mund verschloß. „Sag jetzt nichts. Hör mir zu. Dein Glück bedeutet mir alles. Würde ich nicht denken, daß es klappt, würde ich es dir nicht vorschlagen.“

„Da sind so viele Dinge zu bedenken.“

Leota ließ ihre Hand zwischen Carols Beine gleiten. „Dies, zum Beispiel.“ Sie drehte sich, umschloß mit den Lippen Carols Brustwarze und begann träge, sie mit der Zunge zu umspielen.

In Carols friedlichem Körper baute sich allmählich lustvolle Spannung auf. Sie tauchte ihre Finger in Leotas weiche Feuchtigkeit, streichelte sie langsam, unnachgiebig, bis Leota nach Luft schnappte.

Sie liebten sich ohne Hast, brachten einander bewußt fast bis zum Höhepunkt, doch nicht ganz. Carol trieb in einem unbarmherzigen brennenden Meer von Gefühlen. So ging es weiter und weiter, ohne über ihr zusammenzuschlagen, bis es plötzlich unerträglich war.

„Jetzt!"

Alles verblaßte im Schrei der Stille. Sie vibrierte, bäumte sich auf, raste und explodierte in berstendem Licht.

***

„Ich störe doch hoffenlich nicht?" fragte Maureen Oatland.

„I wo, überhaupt nicht." Carol streichelte Leotas Wange.

Durchs Telefon konnte sie gedämpftes Murmeln im Hintergrund vernehmen und das Klingeln eines Telefons. Es versetzte ihr vor Schuldgefühl einen Stich, als ihr aufging, daß Maureen aus dem Büro anrief, während sie mit ihrer Geliebten ermattet vom Liebemachen auf dem Bett lag.

Sie schwang ihre Beine über die Bettkante und langte nach dem Morgenrock. „Was haben Sie erreicht, Maureen?"

„Ich gebe Ihnen die Kurzfassung. Gestern abend in der Kneipe habe ich mich mit einem bunten Haufen von Typen unterhalten. Die meisten kannten Jim Flint, vielleicht wegen seiner Neigung, ein Bier zuviel zu kippen und dann unangenehm zu werden. Niemand hat erklärt, ihn in Gesellschaft einer bestimmten Person trinken gesehen zu haben. Es sah ihn auch niemand weggehen. Die Nachricht seines unglückseligen Endes hatte sich wie ein Lauffeuer verbreitet, und ich wurde immer wieder gefragt, wie er ums Leben kam, aber es hat ihm niemand eine Träne nachgeweint."

„Was hat die Haus-zu-Haus-Befragung erbracht?"

„Nichts Wesentliches, außer einem alten Knaben, dessen Haus auf den Kneipenparkplatz hinausgeht. Ich bin selbst bei ihm gewesen und hab' mit ihm geredet. Am Donnerstagabend gegen zehn glaubt er, einen Mann gesehen zu haben, der Flint gewesen sein könnte, zusammen mit einer anderen

Person. Sie standen bei einem Lieferwagen, der hinten auf dem Platz parkte. Er war sich nicht sicher, ob es sich um einen Mann oder eine Frau handelte. Und er erinnert sich auch nicht an die Farbe des Fahrzeugs. Er sieht nicht mehr besonders gut und hatte selbst schon einiges getankt, insofern halte ich ihn nicht für den allerverläßlichsten Zeugen."

„Wenn man bedenkt, wie viele Leute in diesem Pub waren", sagte Carol, „kann man kaum glauben, daß niemand irgendwas gesehen hat."

„Ich habe einen Stapel Visitenkarten beim Wirt hinterlassen und ihn gebeten, sie an die Stammgäste zu verteilen, die gestern nicht dort waren. Ich sagte zu ihm: ‚Konzentrieren Sie sich auf die wirklich Hübschen.'" Maureen lachte sich scheckig. „Er hat nicht mal die Mundwinkel verzogen, mich nur befremdet angesehen, so mußte ich ihm erklären, daß das ein Scherz von mir war."

„Und war es das?"

„Natürlich. Ich kann's schon noch besser. Jedenfalls rede ich mir das ein." Maureens jovialer Ton wurde ernst, als sie fortfuhr: „Ich war heute morgen bei der Autopsie von Jim Flint. Das übliche blutige Ausweiden, dazu Jeff Dukes Opernmusik bei der Arbeit. Ich weiß nicht warum, aber heute fand ich das Ganze noch schauerlicher als sonst. Es hat irgendwas mit der durchschnittenen Kehle zu tun... Jedenfalls lag der Todeszeitpunkt zwischen Donnerstagabend zehn und Freitagmorgen zwei Uhr. Der Schnitt wurde von links nach recht ausgeführt."

„Das wäre vom Beifahrersitz aus ziemlich schwierig", überlegte Carol, „also hat der Mörder entweder die Fahrertür geöffnet oder sich durch das Fenster hereingebeugt. Somit wäre er Rechtshänder."

„Da hat jemand ganze Arbeit geleistet", sagte Maureen. „Es bestand keine Hoffnung, selbst wenn Flint sofort ärztlich versorgt worden wäre. Innerhalb von zwei oder drei Minuten ist er verblutet. Auf seinen Händen fanden sich keine

Wunden von einer Gegenwehr. Und der Grund, weshalb er da saß und es geschehen ließ? Außer daß er getrunken hatte, hat ihn jemand links in den Hals gestochen. Noch haben wir keine Laborergebnisse, aber Jeff wettet, daß Flint auf diese Weise außer Gefecht gesetzt wurde. Er hätte gar nicht mitgekriegt, daß seine Kehle durchtrennt wurde."

„Die Waffe?"

„Ein Stilett oder Skalpell, sehr scharf. Und nach Liz Careys Bericht gibt's keine Fingerabdrücke, nicht mal die des Opfers, im Fahrzeug. Jemand hat das Führerhaus blitzblank geputzt. Auch keine Abdrücke auf der Whiskyflasche am Boden. Liz unterzieht die Flasche einem DNA-Test für den Fall, daß Flint sie mit dem Mörder geteilt hat, der Speichelspuren hinterließ, doch das ist eher unwahrscheinlich."

„Gab es irgend etwas am Tatort, das uns weiterhilft?"

„Im Fahrzeug nichts, auch nicht im Handschuhfach, darin befanden sich lediglich eine Taschenlampe und ein Stadtplan. Außerhalb des Fahrzeugs ebenfalls nichts, weder Fußspuren noch Reifenabdrücke."

„Jemand hat das sehr gut geplant", bemerkte Carol.

„Das kann man wohl sagen, obwohl ein Risiko eingegangen wurde, das ich gescheut hätte. Da wir Flint hinter dem Lenkrad fanden, schätze ich, daß er selbst den Wagen dorthin gefahren hat, wo wir ihn fanden. Der Täter hat echt Schwein gehabt, daß niemand angefahren oder der Fahrer wegen Trunkenheit angehalten worden ist."

„Nach Mr. Flints Akte hatte er eine Menge Übung darin, betrunken Auto zu fahren", erklärte Carol sarkastisch.

„Hier meine Version von dem Mord", sagte Maureen. „Flint wurde mit dem Versprechen von irgend etwas in die abgelegene stille Sackgasse gelockt – Drogen, Sex, was immer. Wenn es Sex war, bedeutet es wahrscheinlich, daß eine Frau bei ihm war, allerdings wissen wir ja, wie viele vermeintliche Heteros zu beiden Richtungen neigen."

„Irgendein Beweis von sexueller Aktivität?"

Maureen kicherte. „Ob er noch einen mit auf den Weg gekriegt hat, bevor er abgekratzt ist? Jeff sagt nein. Er sitzt nur so da, kippt in trauter Gesellschaft einen oder zwei auf die Lampe, und alles ist fein. Plötzlich: Der schnelle Stich eines Stiletts in seinen Hals, und er ist bewußtlos. Der Mörder nimmt sich Zeit, sämtliche Oberflächen abzuwischen, an denen Figerabdrücke sein könnten, dann hopst er aus dem Wagen, geht herum auf die andere Seite, beugt sich hinein, schneidet Flint die Kehle durch und haut ab."

„Wer immer bei Flint gewesen ist, muß eine Transportmöglichkeit gehabt haben, um wegzukommen. Warum könnte nicht ein Komplize gefolgt sein und außer Sichtweite geparkt haben? Der Komplize könnte gewartet haben, bis das Signal kommt, daß Flint bewußtlos ist. Dann öffnet er die Fahrertür und ermordet ihn."

„Ein Komplize ist dazu gar nicht nötig", sagte Maureen. „Er könnte ein Auto in der Nähe geparkt haben. Oder – meine Lieblingstheorie – der Täter hat ein Fahrrad im Laderaum verstaut, nach der Tat tritt er in die Pedale und verschwindet in der Nacht."

***

Widerstrebend verließ Carol am Sonntagmorgen Leota und fuhr ins Präsidium, um Mark Bourke zu treffen. Er brachte ein Sortiment Doughnuts mit und zwei Pappbecher mit ausgezeichnetem Kaffee. Unter dem Arm trug er eine ordentlich gefaltete Zeitung. „Hast du das gesehen?" fragte er und reichte sie ihr grinsend. „Deine Freundin Vida Drake hat's auf die Titelseite geschafft."

EIN FAMILIENFLUCH? fragte die Schlagzeile. Etwas kleiner folgte der Untertitel: EIN VERMÖGEN WARTET, WÄHREND DIE ERBEN STREITEN – UND STERBEN.

„Streiten?“ fragte Carol. „Was soll das?“

„Vida Drake hat von Ophelia Rule ein Interview ergattert. Sie wurde nicht direkt zitiert – zweifellos weil jede Äußerung einer Verleumdung zu nahe kommt –, aber das Wesentliche ist klar. Offenbar versuchen alle, auch die Anwälte, so Ophelia Rule, sie um ihren fairen Anteil zu betrügen. Alle sind Blutsauger und Vampire, wie sie sagt. Tatsächlich hat Vida Ophelias Worte ziemlich gerissen redigiert, so daß ihre Behauptung ein Pauschalurteil über die Anwaltszunft ist, aber zwischen den Zeilen kannst du lesen, daß Slessor, Slessor, Dunkling und Gold die Gauner sind. Außerdem spuckt sie Gift und Galle und behauptet, ein ungenannter Erbe hätte das Gerücht in die Welt gesetzt, sie würde absichtlich die Leiden ihres Bruders verlängern, um seinen Anteil am Erbe in die Finger zu bekommen.“

„Bei einer, die sich so das Maul zerreißt wie sie, nähme es mich wunder, wenn sie niemals verklagt worden wäre.“

Bourke grinste selbstgefällig. „Das habe ich Miles recherchieren lassen und muß zu meiner Freude sagen, daß sie's ist, sogar einige Male. Alles wurde außergerichtlich geregelt und nicht zu ihrem Vorteil. Außerdem hatte sie Zoff mit der Versicherungsgesellschaft, die für den Arbeitsunfall ihres Bruders aufkommen mußte. Da hat sie sich monatelang nicht auf den ihm zustehenden Anspruch geeinigt – und in der Zwischenzeit für seine Pflege ein kleines Vermögen aus eigener Tasche hinblättern müssen.“

„Der Unfall war zweifelsfrei?“ Niemand hatte Gegenteiliges verlauten lassen, doch inzwischen war Carol mißtrauisch bei allem, was auch nur entfernt mit der Familie Rule zu tun hatte.

„Miles hat auch das überprüft – Jordan war unvorsichtig, ist auf dem Gerüst ausgerutscht und runtergestürzt. Mindestens zehn Arbeitskollegen haben den Unfall mit angesehen. Diese Sache hat mit dem Rule'schen Fluch nichts zu tun.“

Böses ahnend fragte Carol: „Werde ich in dem Artikel irgendwo erwähnt, Mark?“

„Allerdings.“ Bourke griff nach der Zeitung, suchte die entsprechende Stelle und las laut: „Die überaus profilierte Kommissarin Carol Ashton hat eine Sonderkommission gebildet, die verzweifelt nach Antworten sucht, aber bisher vor einem Rätsel steht. Nach dem Untersuchungsergebnis über Martina Rules Tod befragt, hielt die Kommissarin eisern daran fest, daß es sich um einen Unfall gehandelt hat. Im Licht der jüngsten Ereignisse könnte sie dieses voreilige Urteil womöglich revidieren.“

„Ach toll!“ sagte Carol. „Ich kann's kaum erwarten, was Edgar morgen früh dazu sagt.“

So lange mußte sie gar nicht warten. In ihrer Aktentasche läutete ihr Handy. Als sie es herausgefischt hatte, dröhnte ihr Edgars Stimme ins Ohr: „Haben Sie heute in der Sonntagszeitung diesen absoluten Blödsinn gelesen? Wie kommt diese Drake dazu? Bisher vor einem Rätsel steht! Voreiliges Urteil! Also wirklich! Eine solche Publicity läßt die Mordkommission ganz schlecht dastehen, Carol! Ich möchte, daß Sie dem entgegentreten, daß Sie den in der Presse geäußerten Zweifeln ein Ende machen.“

Carol gab zustimmende Laute von sich, ließ eine weitere Predigt über sich ergehen, wie sehr eine solche Berichterstattung das Vertrauen der Öffentlichkeit in die Polizei erschüttern könne, und nachdem Kriminalrat Edgar seinen Dampf abgelassen hatte, legte sie auf.

„Der Kriminalrat in Höchstform“, sagte sie trocken, als Bourke mitfühlend das Gesicht verzog. „Machen wir weiter, bevor die Öffentlichkeit völlig den Glauben an uns verliert.“

Sie setzte Bourke über alles ins Bild, was sich während seiner Reise nach Süd-Australien zugetragen hatte. Er schnaubte verächtlich über Chuck Inmans Theorie in bezug auf Eric Rule und die Hellseherin Katarina Thane. Dann wollte sie wissen, was er über Ricky Webbs Familie und den Unfall, bei dem Ricky Waise wurde, in Erfahrung gebracht hatte.

Während er einen Schokodoughnut verdrückte, sagte Bourke: „Das ist sehr faszinierend, Carol. Ich habe meine verehrte Ahnenforscherin hinzugezogen, und sie sagt, Rickys Mutter, Rosalie Webb, habe, nachdem Martina Rule aus dem Weg war, einen direkteren Erbanspruch gehabt als die anderen."

„Das heißt, nachdem Martina überfahren worden und Rule gestorben war, hätte das Gericht Rosalie Webb zur Haupterbin bestimmt, wäre sie am Leben gewesen."

„Höchstwahrscheinlich." Bourke spähte in die Doughnutschachtel und wählte den nächsten. „Und das heißt, die meisten, wenn nicht alle entfernten Verwandten – also die gegenwärtigen Anspruchsberechtigten – wären leer ausgegangen. Womöglich wäre der ganze Besitz an Rosalie gefallen. Effizienterweise mußten drei der vier Webbs umgebracht werden, weil sie das meiste Anrecht auf das Erbe hatten. Der Vater war offensichtlich kein Blutsverwandter, sein Tod war somit ein Kollateralschaden, aber Rosalie und ihre beiden Kinder, Ricky und die kleine Penny, mußten weg."

„Aber Ricky Webb hat überlebt."

Bourke zog eine Grimasse. „Gerettet durch eine Magenverstimmung. Offenbar hat es ihn sehr geärgert, daß die übrige Familie ohne ihn einen schönen Tag auf dem Wasser verbringen wollte. Leider explodierte die Gasflasche, als jemand in der Kombüse das Mittagessen zubereiten wollte. Die gewaltige Explosion tötete Rosalie, Peter und Penny auf der Stelle. Das Boot brannte völlig aus."

Carol verdrängte das Bild eines zwischen Wrackteilen treibenden Kleinkindleichnams. „Gab es damals irgendeinen Hinweis, daß es kein Unfall war?"

„Peter Webb selbst hat am Vortag die Propangasflasche

auf dem Boot durch eine volle ersetzt. Man kam zu dem Schluß, daß wahrscheinlich der Anschluß ein Leck gehabt hat oder nicht fest genug angeschraubt war. Es würde mir nicht gefallen, wenn wir den Beweis fänden, daß die Familie vorsätzlich umgebracht wurde – obwohl etliche Zeugen sagen, Peter Webb hätte immer peinlich auf Sicherheit geachtet."

Carol seufzte. „Jetzt mache ich mir Sorgen um Ricky Webbs Sicherheit."

Bourke nickte. „Ich auch. Deshalb habe ich mit Reverend Ackland und seiner Frau gesprochen, die Ricky bei sich aufgenommen haben. Ich habe betont, daß mein Besuch absolut inoffiziell sei, sie sollten aber wissen, daß ich mir über Rickys Sicherheit Sorgen mache. Sie waren sofort einverstanden, ihn an einen unbekannten Ort zu bringen, bis ich ihnen grünes Licht gebe."

Carol, die immer versuchte, es bei einem Doughnut zu belassen, streckte unwillkürlich die Hand nach einem zweiten aus. Bourke sah sie zögern und sagte: „Ach, greif zu. Gib der Verlockung nach. Du bist gestreßt. Du brauchst Zucker."

„Satan, hebe dich hinweg von mir." Carol grinste ihn an. Sie stand auf, nahm den Marker und trat an das Flipchart. „Laß uns alles chronologisch ordnen. Erstens: Thurmond Rule. Wenn es darauf hinausläuft, daß die Erben ausgeschaltet werden, macht das nur Sinn, wenn die Rule'schen Milliarden zur Erbschaft anstehen. Laut Dr. McMinn erfährt Rule achtzehn Monate vor seinem Tod, daß er Krebs hat. Man verheimlicht die Tatsache, daß er todkrank ist. Er kämpft gegen die Krankheit, und es gibt Anzeichen, daß er ihr erliegt, erst wenige Monate vor seinem Tod."

„Wer wußte also, daß er im Sterben lag? Und seit wann wußte man das?" fragte Bourke.

„Das ist der Knackpunkt, Mark. Es gibt kein Motiv, die Familie Webb zu töten, es sei denn, der Mörder weiß, daß das Rule'sche Vermögen zu haben ist. Fünf Monate bevor Thurmond Rule starb, wurde fast die ganze Familie Webb ausgelöscht. Also wußte jemand vor diesem Zeitpunkt von der tödlichen Krankheit."

„Dann gab es da noch Martina", sagte Bourke, „und die muß beseitigt sein, bevor ihr Vater stirbt."

„Wer immer das tat, hat sich jedenfalls Zeit gelassen. Sie kommt erst zwei Wochen vor seinem Tod ums Leben – offenbar bei einem Autounfall."

Sie machte einen Pfeil zur Seite und schrieb Hawkins und Dohertys Namen dazu. „Der Zeuge des Unfalls, Liam Doherty, verschwindet. Aufenthalt unbekannt. Mich würde nicht wundern, wenn er irgendwo verscharrt worden ist. Sid Hawkins, der Fahrer des Lasters, kommt plötzlich zu Geld und schwirrt ab nach Bali, um sich ein schönes Leben zu machen. Dort wird er einige Zeit darauf bei einer Schlägerei vor einem Nachtclub erstochen."

Jetzt kam Bourke in Fahrt. „Inzwischen prallt in Texas Fancee Porter gegen einen Baum und stirbt. Kurz darauf begeht Ian Stewart anscheinend Selbstmord. Letzten Donnerstag schneidet ein Unbekannter Jim Flint die Kehle durch."

Carol schrieb die Namen der noch lebenden Erben auf: Kent Humphries, Chuck Inman, Nicholas Jordan, Sue Jordan alias Ophelia Rule, Ricky Webb.

„Zwei können wir als Verdächtige streichen", sagte Bourke. „Nicholas Jordan, weil er bewußtlos ist, und Ricky Webb, denn der ist ein Kind. Im übrigen, Carol, was deine Bemerkung über Rickys neue Familie betrifft, die darauf aus ist, daß er einen Haufen Geld erbt – ich habe den Reverend und seine Frau unter die Lupe genommen. Konnte nicht die kleinste Gemeinheit an ihnen entdecken. Natürlich kann man mich leicht an der Nase herumführen, wie du weißt."

„Hab' ich gemerkt." Sie strich Jordans und Ricky Webbs Namen durch. „Somit bleiben drei übrig. Auf wen tippst du?"

„Wenn Fancee Porters Tod Mord war, dann kommen nur Inman oder Humphries in Frage, die waren zu der Zeit in den Staaten. Natürlich ist damit nicht ausgeschlossen, daß jemand anders für die Ermordung bezahlt hat, insofern könnte Ophelia ihn aus der Ferne betrieben haben. Nur du hattest das Vergnügen, sowohl Chuck als auch Kent kennenzulernen. Aber ich habe Ophelia kennengelernt. Wer sie kennt, kann sie einfach nicht lieben. Nenn mich voreingenommen, aber sie ist meine erste Wahl."

„Aber ist sie raffiniert genug? Außerdem hat die ganze Sache einer großen Vorbereitung und Planung bedurft. Eine Person allein konnte das alles nicht bewerkstelligen. Kannst du dir wirklich vorstellen, daß irgend jemand langfristig mit Ophelia Rule zusammenarbeitet?"

„Dabei hast du etwas Wesentliches vergessen", wandte Bourke ein. „Wenn genügend Geld winkt, kann man alles kaufen, sogar, Gott steh mir bei, die Kollaboration mit der furchtbaren Ophelia."

10

Montagmorgen riß Carol sich aus Leotas Armen und fuhr noch früher als sonst ins Büro in der Hoffnung, dem Tag einen Vorsprung abzugewinnen. Auf ihrer Fahrt in die Innenstadt dachte sie an das Versprechen, das sie gegeben hatte: Bis Freitag wollte sie entschieden haben, ob eine reale Möglichkeit bestand, Leota in die Staaten zu folgen.

Leota hatte von aufregenden Veränderungen gesprochen. Daß sie in eine neue große Wohnung in Washington D.C. umziehen würden oder gar in ein Haus im benachbarten Virginia. Daß sie ihre Verbindungen spielen ließe, um Carol eine Greencard zu beschaffen und eine Anstellung bei der Polizei oder vielleicht als Beraterin des FBI. Und dann wären da all die anderen herrlichen Dinge wie Reisen und kulturelle Genüsse, die die Vereinigten Staaten bieten konnten. Sie hätten ein neues tolles Leben zusammen.

Leota würde heute nach Canberra zurückfahren, aber am Freitag rechtzeitig zu Tante Sarahs Porträtvorführung zurück sein.

„Ich bin schon sehr darauf gespannt, Sybil kennenzulernen", hatte sie gesagt.

Carol hatte locker geantwortet: „Schön für dich, Darling, aber ich weiß nicht so recht, ob mir der Gedanke gefällt, wie ihr beide eure Notizen vergleicht. Immerhin bist du eine professionelle Aushorcherin."

Leota hatte ihr weiches warmes Glucksen hören lassen. „Nichts, was sie sagen könnte, kann mich von dir trennen", sie zog Carol an sich und drückte sie fest, „von meiner umwerfenden, unwiderstehlichen Aussiefrau."

Carol lächelte bei der Erinnerung an das, was dieser Erklärung gefolgt war. Dann dachte sie ernüchtert an die bevorstehende Entscheidung. Wenn sie mit Leota zusammen war, erschien es ihr so richtig, ihre Nähe, ihre Liebe füreinander in eine gemeinsame langfristige Zukunft zu übersetzen. Aber wenn Carol nicht mit ihr zusammen war, flogen sie Zweifel an, und die Gewißheit bröckelte.

Gestern abend hatte Carol ihren Sohn angerufen und mit ihm über die Möglichkeit geredet, daß sie vielleicht in die Staaten ginge. Sie hatte sich Sorgen gemacht, diese Vorstellung könnte ihn bestürzen, doch er erörterte die Sache ziemlich ausführlich und sagte dann: „Mum, ich kann dich dort doch besuchen, ja? Mann, das wäre *cool!*"

Dann hatte sie mit seinem Vater gesprochen. Justin Hart und Carol unterhielten eine höfliche, aber kühle Beziehung. „Ja, Carol, was gibt's?"

Nachdem sie ihm von der Möglichkeit erzählt hatte, Australien vielleicht zu verlassen, sagte Carol: „Im Vertrauen – was kannst du mir über Slessor, Slessor, Dunkling und Gold sagen? Am meisten interessiert mich Ambrose Slessor."

„Die Kanzlei? Im großen und ganzen sind das hochprofilierte, sehr erfolgreiche Anwälte. Ambrose Slessor hält sich für einen tollen Kerl, aber es heißt, daß er sich sehr überschätzt. Unter uns, Carol, ich würde lieber nichts mit Slessor zu tun haben. Es gibt leise, doch nie verstummende Gerüchte über Geschäfte, die nicht ganz koscher sind. Das ist alles, was ich dazu sagen will."

Als sie ins Präsidium kam, erwartete Miles Li sie mit der Nachricht, er habe Katarina Thane aufgespürt. Carol lächelte ihn herzlich an. Er war jetzt schon einige Jahre in ihrem Team und ein überaus fähiger Mitarbeiter, aber noch immer sah er wie ein Schuljunge aus. Er reichte Carol einen Farbausdruck. „Dies ist die Homepage von Katarina Thane", sagte er. „Sie ist momentan in Honolulu auf einem Parapsychologiekongreß. Hier ist die Nummer ihres Hotels. Auf Hawaii ist es später Sonntagabend, aber sie hat gesagt, Sie könnten jederzeit anrufen."

Während Carol auf die Verbindung wartete, betrachtete sie das Bild, das Miles ihr gegeben hatte. Katarina Thane in einem fließenden weißen Gewand, das schwarze Haar offen auf die Schultern fallend, lächelte aus einer offenbar neoklassizistischen Grotte. Über ihrem Kopf standen die Worte: *Ergründen Sie die Geheimnisse vergangener Zeiten durch Katarina Thanes geheimnisvolle Gabe.* Carol überflog gerade die extravaganten Hymnen auf die außergewöhnlichen Erfolge, die sie mit ihren außersinnlichen Kräften erzielt hatte, als Katarina Thane sich meldete. „Ich würde lügen, Kommissarin Ashton, wenn ich sagen würde, ich hätte Ihren Anruf nicht erwartet." Die Frau hatte eine tiefe, butterweiche Stimme, sehr passend zu ihrem Gewerbe, fand Carol.

Es reizte Carol, einen Seitenhieb übers Hellsehen zu machen, sie begnügte sich mit: „Tatsächlich, Ms. Thane?“

„*Katarina*, bitte. Ich bestehe darauf. Sie denken natürlich, ich hätte es gewußt, weil ich mich aufs Außersinnliche verstehe. Die Wahrheit ist viel prosaischer. Chuck Inman hat mich vorgewarnt, Sie würden mich wahrscheinlich wegen Eric Rule anrufen.“

„Ach ja? Wann war das?“

„Vor ein paar Tagen, bevor er nach Australien flog.“ Sie unterdrückte ein Husten. „Entschuldigung. Das sind die Zigaretten. Ich will schon lange damit aufhören.“

„Ihnen ist bewußt, daß Eric Rule vor vielen Jahren in der australischen Wüste verschollen ist und nie gefunden wurde? Er wurde für tot erklärt.“

Carol hörte das unmißverständliche Klicken eines Feuerzeugs, und einen Moment später das tiefe Inhalieren einer Nikotinsüchtigen, die ihren ersten Zug genießt. „Chuck gab mir die Details.“

„Mr. Inman behauptet, Sie hätten erklärt, Eric Rule sei am Leben und zwar hier in Australien.“

„Das habe ich ihm bestätigt, ja.“

Carol runzelte die Stirn. Hörte sie da eine leichte Betonung des Wortes *bestätigt?* „Wenn Sie bestätigt sagen, impliziert das, Sie bekräftigen oder verifizieren etwas Ihnen Vorgegebenes? Ist es das, was Sie meinen?“

„Ah!“ rief Katarina. „Wie ich sehe, haben Sie eine hellseherische Gabe.“

Carol mußte grinsen. „Das möchte ich doch bezweifeln.“

„Darf ich ganz offen sein, Kommissarin Ashton?“

„Aber bitte.“

„Als mediale Begabung an vorderster Front meiner Zunft fordere ich Spitzenhonorare“, sagte Katarina. „Für eine Beratung nehme ich fünfzig Prozent Vorauszahlung und den Rest am Ende der Beratung. Da bin ich ganz strikt. Aber weil ich

Chuck schon eine Weile kenne, habe ich, als er sagte, er habe sein Scheckbuch vergessen, mich nicht an meine Regel gehalten. Kurz, Chuck hat die erste Rate bezahlt und mich um die zweite geprellt.“

Carol grinste bei dem Gedanken, daß die Hellseherin das nicht vorausgesehen hatte, sagte aber in geschäftsmäßigem Ton: „Verständlich, daß Sie gerade nicht gut auf Mr. Inman zu sprechen sind.“

„Milde gesagt. Da Chuck seinen Teil der Geschäftsvereinbarung nicht eingehalten hat, habe ich keine Bedenken, Sie über unsere Sitzung zu informieren.“ In der Pause, die nun eintrat, stellte Carol sich vor, wie Katarina einen tiefen Lungenzug machte.

Ein unterdrücktes Husten folgte, dann fuhr Katarina fort: „Was immer Sie denken mögen, Kommissarin, ich *bin* eine echte Hellseherin. Ich bin außerdem geschäftstüchtig. Wenn klar ist, daß ein Klient etwas Bestimmtes von mir hören will und diese Information meinem Bezug zur spirituellen Welt nicht zuwiderläuft, werde ich es sagen.“

Gespannt beugte sich Carol vor. „Chuck Inman machte klar, was er in bezug auf Eric Rule von Ihnen hören wollte?“

„Chuck leitete die Sitzung. Da er bezahlte – so dachte ich jedenfalls –, war ich gewillt mitzumachen. Kommissarin, ich hätte Ihnen dieses kleine Berufsgeheimnis nicht verraten, hätte Chuck mich nicht betrogen.“

Ihre Stimme war jetzt dunkel vor Zorn, als sie fortfuhr: „Chuck hat geschworen, den Scheck über die offene zweite Rate in den Briefkasten zu werfen. Aber der Scheck tauchte nicht auf. Ich hinterließ ihm Nachrichten auf seinem Anrufbeantworter. Keine Reaktion. Dann vor ein paar Tagen rief er mich an, um sich zu entschuldigen, und versprach, mir den Scheck zu schicken. Und er erzählte, daß wahrscheinlich eine Kommissarin Ashton von der Kripo in Sydney sich melden würde und ob ich alles bestätigen könnte, was bei der Konsultation zur Sprache kam und daß Eric Rule am Leben sei."

„Ich würde mal raten, daß der bewußte Scheck noch immer nicht eingetroffen ist", sagte Carol.

Katarina schnaubte. „Ist er nicht. Wenn Sie Chuck sehen, sagen Sie ihm, ich habe ihn im Visier. Sagen Sie ihm, daß er eine Menge schlechtes Karma aufbaut – und daß schlechtes Karma jederzeit auf ihn zurückfallen wird."

„Ich werd's ihm sagen."

„Und, Kommissarin, ich maße mir nicht an, Ihnen zu sagen, wo's langgeht, aber ich habe eine Einsicht bezüglich Chuck Inman, die ich Ihnen mitteilen muß. Er lügt um des Lügens willen. Das ist ein Spiel für ihn. Pathologischer Lügner wäre eine passende Bezeichnung für ihn."

Nachdem sie der Hellseherin gedankt hatte, saß Carol nachdenklich an ihrem Schreibtisch und fragte sich, aus welchem Grund Chuck Inman diese Geschichte über Eric Rule ausgeheckt hatte. Es war zwar höchst unwahrscheinlich, aber dennoch möglich, daß Rules Sohn absichtlich verschwunden und all die Jahre untergetaucht war. So etwas kam vor. Jedes Jahr verließ eine kleine, aber gleichbleibende Anzahl von Menschen ihr Leben und verschwand. Jene, die aufgespürt wurden, nannten verschiedene Gründe für ihr Verschwinden: überwältigender Streß, eine unerträgliche Beziehung, erdrückende Verantwortung oder einfach den Wunsch, einem eintönigen Leben zu entfliehen. Manche hatten kriminelle Delikte begangen, häufig Unterschlagung, und flüchteten vor einer Verhaftung.

Eric Rule schien in keine dieser Katagorien zu passen, aber wer konnte schon in einen Menschen hineinschauen. Vielleicht hatte er die enttäuschten Erwartungen seines Vaters allzu unerträglich empfunden.

Selbst wenn die Möglichkeit, daß er lebte, in Betracht gezogen werden mußte, war Carol von Erics Tod überzeugt, wahrscheinlich war er nicht in seinem Lager gewesen und im Sandsturm umgekommen. Es war noch immer sehr früh, trotzdem versuchte sie, Ambrose Slessor zu erreichen. Er war noch nicht im Büro, und so hinterließ sie eine Nachricht auf seinem Anrufbeantworter. Schließlich hatte sie Ophelia Rule versprochen, mit Slessor zu reden, was sie längst hatte tun wollen, wäre nicht der Mord an Jim Flint dazwischengekommen.

Sie rief sich gerade die Punkte ins Gedächtnis, über die sie mit dem Anwalt reden wollte, als Les Upton an die Tür klopfte. Inzwischen gelang es Carol ein bißchen, in Uptons Gesicht zu lesen, und als er jetzt ein kleines Lächeln andeutete, sagte sie: „Les, Sie haben mir etwas Interessantes zu erzählen."

„Kann sein. Zufälligerweise ist Kent Humphries Mitglied des Eastern Suburbs Rugby League Club. Schon seit einigen Jahren. Das bedeutet, es ist sehr gut möglich, daß er Hawkins und Doherty kennengelernt und sie engagiert hat, Rules Tochter umzubringen." Stirnrunzelnd fügte er unzufrieden hinzu: „Ansonsten finde ich in der ganzen Rule'schen Clique niemand, der Kontakt zu Hawkins oder Doherty haben könnte, und schlimmer noch: Was die Spur des Geldes betrifft, finde ich absolut nichts. Ich schätze, die beiden sind bar bezahlt worden."

„Warum sollte Humphries jemand aus dem Verein engagieren, in dem er Mitglied ist? Werden wir da nicht regelrecht mit der Nase draufgestoßen?"

Upton legte den Kopf schief. „Vielleicht hatte er keine andere Wahl. Als ich mich mit dem Typ im Vereinsbüro, Boyle heißt er, unterhalten habe, stellte sich heraus, daß er genau wußte, wer Humphries ist. Er ist ein fanatischer Fan der Roosters und verpaßt kein Spiel, wenn er in Sydney ist. Was den Club angeht, ist Humphries total engagiert – er packt freiwillig überall mit an. Boyle sagt, Humphries sei ein bißchen ein trauriger Fall. Keine richtigen Freunde, nicht viel Leben außerhalb von Rugby."

„Das trifft auf jede Menge Männer zu, die ich kenne", sagte Carol grinsend.

„Und dann habe ich noch etwas." Fast errötend legte Upton ein Blatt Papier vor sie hin. „Dies ist die Liste über Chuck Inmans Reisen nach Australien."

Carols Augenbrauen zuckten hoch. „Inman ist schon dreimal hier gewesen?" Sie stützte das Kinn in die Hand. „Und er ließ mich unbedingt glauben, daß er bisher noch nie einen Fuß auf australischen Boden gesetzt hat."

„Vielleicht hat er sich darauf verlassen, daß niemand das überprüfen würde." Upton tippte auf das oberste Datum auf der Liste. „Sehen Sie seine erste Einreise in Sydney? Das Faszinierende ist, daß sie fast auf den Tag genau zwei Monate vor dem Bootsunfall liegt, bei dem die Webbs umgekommen sind. Er blieb zwei Wochen in Sydney und flog dann nach Texas zurück."

„Hat er in dieser Zeit Süd-Australien besucht?"

„Darauf konnte ich keinen Hinweis finden, aber das heißt ja nicht viel."

Carol lehnte sich zurück und sah Upton an. „Und was halten Sie davon, Les?"

„Daß Inman womöglich herkam, um die Vorkehrungen für die Ermordung der Webbs einzuleiten, und wieder verschwand, bevor es passierte."

„Der Zeitpunkt könnte ein Zufall sein."

Upton grunzte. „Ja? Wie kommt es dann, daß er sechs Wochen vor Martinas Ende auf dem Parkplatz das zweite Mal in Sydney war? Am Tag als sie starb, besuchte er das Great Barrier Reef."

„Welche Fluggesellschaft hat Inman benutzt?"

„Jedenfalls nicht Qantas, falls Sie glauben, er hätte sich mit Kent Humphries getroffen. Er ist jedesmal mit United Airlines geflogen, auch beim dritten Besuch. Da muß es was geben, das ihn hierher zurückzieht, meinen Sie nicht?" Er verzog die Lippen. „Geld ist die Wurzel allen Übels", intonierte er.

„Ist nicht vielmehr die *Gier* aufs Geld die Wurzel allen Übels, Les? Nicht das Geld als solches?" fragte Anne Newsome, die hereinkam.

Carol erklärte: „Les hat herausgefunden, daß Inman jetzt zum dritten Mal in Australien ist. Auch wenn das noch kein Beweis an sich ist, ist der Zeitpunkt seiner Besuche ziemlich merkwürdig. Der erste war zwei Monate vor dem Tod der Familie Webb, der zweite zu der Zeit, als Martina ums Leben kam."

„Da fragt man sich, wer wohl diesmal das große Los zieht?" warf Upton ein.

„Die Reihe der Erben lichtet sich", bemerkte Anne und verzog das Gesicht.

„Er sorgt immer dafür, daß er ein Alibi hat. Also muß jemand anders die Drecksarbeit für ihn tun", sagte Upton. „Ich tippe auf Humphries. Er war hier, als Stewart starb, und auch, als Flint ermordet wurde. Und er war in den Staaten, als Fancee Porter sich zu Tode fuhr."

Carol dachte gerade, daß ihre anfängliche Skepsis, ob Upton in ihrem Team zu gebrauchen wäre, womöglich ungerechtfertigt war, und wollte etwas sagen, als Upton ihr das Wort aus dem Mund nahm. „Jetzt wollen Sie sicher, daß ich überprüfe, wo Humphries war, als die Webbs und die Rule-Tochter dran glauben mußten. Stimmt's?"

„Stimmt. Und noch etwas. Sowohl Ian Stewart als auch Ophelia Rule bekamen beide anonym einen Familienstammbaum zugeschickt. Kent Humphries sagt, er nicht. Ich möchte wissen, ob Jim Flint und Rosalie Webb ebenfalls einen geschickt bekamen. Chuck Inman können Sie vergessen, ich habe vor, ihn selbst zu fragen."

Als Upton gegangen war, sagte Anne: „Bezüglich des Abschiedsbriefs von Stewart habe ich eine Expertin die Unterschrift prüfen lassen."

„Ergebnislos? Ian sind schließlich nur drei Buchstaben."

„Ergebnislos. Aber sie sagte, wenn sie sich entscheiden müßte, wäre sie eher geneigt zu sagen, daß Stewart nicht unterschrieben hat."

„Das ist doch schon mal ein Anhaltspunkt, und wir brauchen sehr viel mehr. Wir werden eine Verschiebung der gerichtlichen Untersuchung von Stewarts Tod beantragen. Und nun, Anne, wie steht's mit Ledmark?"

„Ich bin gestern abend mit Dave Ledmark ein Gläschen trinken gegangen. Wie es scheint, hat Fred Verrell Dave und einem der anderen Wachleute namens Gallagher ziemlich viel Arbeit über Nebenjobs aufgehalst. Ihr Job im Hause Rule ist momentan nicht sonderlich anspruchsvoll, eher hüten sie das Haus. Deshalb fungieren sie abends als Sicherheitskräfte bei Rockkonzerten oder als Bodyguards für diverse Promis und so weiter. In Inmans Fall teilen sich Dave und Sam die Arbeit, bisher ist es dabei höchstens um ein paar Stunden gegangen."

„Inman will nicht rund um die Uhr bewacht werden?"

„Nur wenn er das Hotel verläßt. Und Dave sagt, Inman benähme sich nicht im geringsten, als glaube er, in Gefahr zu sein."

„Warum dann ein Bodyguard?" fragte Carol.

„Reine Show? Um ihm ein Alibi für eine kritische Zeit zu verschaffen?"

„Guter Punkt", sagte Carol. „Ich habe Ophelia schon angerufen, damit sie zum Schutz ihres Bruders für verstärkte Sicherheitsmaßnahmen sorgt, denn in seiner Verfassung ist er eine ideale Zielscheibe. Ich werde sie anrufen und ihr sagen, daß sie auch für die eigene Sicherheit sorgen muß, und für Humphries gilt das gleiche. Mark hat Ricky Webbs

Pflegeeltern gewarnt, daß er in Gefahr sein könnte. Sie haben ihn an einen geheimen Ort gebracht. Und ich denke, ich sollte Inman warnen, Bodyguard hin oder her."

„Ich schätze, einer auf dieser Liste braucht keine Warnung, denn er ist der Mörder."

„Vielleicht kommen wir hier zu vorschnellen Schlüssen, Anne. Vielleicht gibt es da etwas, das wir unbedingt wissen müssen."

Anne grinste. „Zum Beispiel, ob Eric Rule noch am Leben ist? Glauben Sie das tatsächlich?"

„Nein, aber es sind schon seltsamere Dinge passiert."

Das Telefon läutete. Es war Slessors Assistent, der zurückrief. „Kommissarin Ashton, Mr. Slessor hat heute wirklich sehr wenig Zeit. Er wird gleich mit Hubert Fox bei Gericht erwartet." Hubert Fox war ein Starverteidiger, und Carol war sicher, daß er ihr mit diesem Namen sagen wollte, wie relativ unwichtig ihr Anruf war.

„Ich habe nur eine kurze Sache mit ihm zu besprechen."

Stille, dann ein freundliches: „Na gut, ich verbinde Sie mit Mr. Slessor."

Slessor meldete sich unmittelbar darauf. „Kommissarin Ashton? Was wollen Sie wissen? Ich bin heute morgen etwas in Eile, Sie verstehen?"

Carol fragte direkt: „Wer außer den Ärzten wußte, daß Thurmond Rule im Sterben lag? Und seit wann?"

„Ich bin nicht sicher, ob ich das beantworten kann."

Carol sah direkt vor sich, wie er das bleistiftdünne Oberlippenbärtchen verzog. „Wann haben *Sie* es erfahren, Mr. Slessor?" fragte sie.

„Ich... Ich weiß es wirklich nicht. In den letzten Monaten war es offensichtlich, daß Rule ein sehr kranker Mann war. Er selbst leugnete das absolut. Ich erinnere mich, daß Dr. McMinn mit mir sprach, aber wann das genau war..."

„War es, bevor Rules Tochter ums Leben kam?"

„Das könnte sein."

Typisch Anwalt, dachte Carol, sich bedeckt zu halten und auf keinen Fall festzulegen. „Haben *Sie* es irgend jemand gesagt?" fragte sie.

„Daß er im Sterben lag? Jedenfalls nicht den Medien. Ich glaube, ich habe mit Juanita Paz darüber gesprochen, aber in ihrer Rolle als Krankenpflegerin kannte sie offensichtlich die Diagnose."

„Was ist mit Menschen außerhalb des Rule'schen Hauses? Haben Sie es einem Ihrer Partner gegenüber erwähnt?"

„Natürlich nicht. Wir diskutieren solche Dinge nicht."

Carol glaubte ihm nicht. Es wäre nur natürlich, dachte sie, mit vertrauten Kollegen über die Tatsache zu sprechen, daß ein Klient und einer der mächtigsten und meistgehaßten Männer der Geschäftswelt dieses Landes im Begriff war, das Zeitliche zu segnen.

„Kommissarin? Ich muß jetzt wirklich auflegen."

„Mr. Slessor, halten Sie Aktien einer Rule'schen Firma?"

„Wie bitte?"

Als Carol die Frage wiederholte, brauste Slessor zornig auf: „Unterstellen Sie mir etwas Unlauteres?"

„Ganz und gar nicht. Eine Routinefrage."

„Ich habe nicht die Absicht, meine persönliche Finanzlage mit Ihnen zu bereden, Kommissarin. Guten Tag!"

Lächelnd legte Carol den Hörer auf. Da hatte sie den Anwalt ganz schön in Wallung gebracht. Sie rief Mark Bourke zu sich, schilderte das eben geführte Gespräch und fragte: „Was hältst du davon? Es könnte finanzielle Motive geben – außerhalb des Rule'schen Milliardenvermögens. Das Bekanntwerden der tödlichen Krankheit von Rule und sein baldiges Ableben dürfte die Börse erheblich beeinflussen, denke ich."

„Ich kümmere mich darum", sagte Mark. „Nichts tue ich lieber als recherchieren, wieviel mehr Geld andere Leute haben als ich."

***

Die Information, die gerichtliche Untersuchung des Todes von Stewart werde verschoben, führte zu einem telefonischen Bombardement seitens der Medien. Die Presse stürzte sich auf alles, was auch nur im entferntesten mit der Rule'schen Erbschaftsangelegenheit zu tun hatte. Chuck Inmanns Name fiel immer wieder, und es wurde klar, daß er nicht nur allen seine Eric Rule-Geschichte aufgebunden hatte, sondern noch weitere Hypothesen, inklusive der von einem „möglichen abartigen Erbenmörder". Natürlich stellte er sich als einziger Unschuldsengel in der ganzen Mischpoke dar, der zu seinem Schutz auf Bodyguards angewiesen war. Darüber hinaus machte er hinterhältige, abfällige Bemerkungen über die Polizei und deren Unfähigkeit in dieser Sache. Inman hatte eine ganze Gerüchteküche in Gang gesetzt, dachte Carol.

Zwischen den Anrufen der Presse telefonierte Carol mit Kent Humphries und riet ihm, wachsam zu sein – er reagierte bestürzt –, dann riet sie Ophelia das gleiche.

„Ach, zum Teufel!" schnappte Ophelia. „Ich kann schon selbst auf mich aufpassen. Den Hundesohn möchte ich sehen, der mich erledigen könnte."

Insgeheim gab Carol ihr recht, um diese Frau auszuschalten, bedurfte es eines außergewöhnlichen Typs. Sie schob den amüsanten Gedanken beiseite und besann sich der mißlichen Lage von Nicholas Jordan. „Haben Sie für verstärkte Sicherheitsmaßnahmen bei Ihrem Bruder gesorgt?"

„Ja, ja." Damit beendete Ophelia grußlos das Gespräch.

Als Carol nachdenklich ihre Pflanze goß, kam Bourke herein. „Zuviel gießen ist genauso schädlich wie zuwenig."

„Danke für deinen fachmännischen Rat."

„Ich habe noch eine Information, die dich interessieren dürfte. Wir haben Einzelheiten über Chuck Inmans vielfältige, oft wundersame geschäftliche Aktivitäten erhalten. Er ist mit einer ganzen Reihe dubioser Firmen und Partnerschaften verbandelt, allerdings nichts, weswegen man ihn einbuchten könnte. Am besten finde ich seinen Versuch, eine kirchliche Wohlfahrtsorganisation ins Leben zu rufen, die sich Gottesgeld nannte. Er und sein damaliger Partner Chip O'Hanna – der zufälligerweise schon mal gesessen hat – warben für die Idee, sich einen Platz im Himmel zu kaufen. Den verhökerten sie vorzugsweise an alte arme Leute. Ein konkurrierender Fernsehpfarrer schwärzte sie an, und so wurde Gottesgeld aus dem Verkehr gezogen, noch bevor es richtig ins Laufen kam."

„Irgendein Hinweis auf Gewalttaten in Inmans Geschichte?"

„Nein. Er ist eher ein Gauner als irgendwas anderes."

Bourke trat an das Flipchart, auf dem die Rule'schen Erben verzeichnet waren. „Weißt du", sagte er, „ich glaube, wir können Fancee Porters Tod als Unfall abschreiben. Ich bin noch einmal den Polizeibericht durchgegangen, und da findet sich nicht der leiseste Hinweis, daß jemand ihr etwas in den Drink getan oder sie von der Straße abgedrängt haben könnte. Ich glaube, es ist ein Zufall, daß ihr Tod mit den anderen in Zusammenhang zu stehen scheint."

Während Bourke das sagte, kam Upton herein. „Vielleicht ändern Sie Ihre Meinung, wenn Sie hören, daß Kent Humphries in jedem einzelnen Fall frei hatte. Er hätte durchaus die Webbs umbringen und Martina Rules Tod einfädeln können." Sichtlich befriedigt fuhr er fort: „Ich habe bei Qantas recherchiert, und er hatte jedesmal dienstfrei. Er ist unser Mann, da bin ich mir sicher."

„Vielleicht hat er ja ein Alibi für den einen oder anderen Zeitpunkt, Les", sagte Carol.

„Vielleicht – aber ich finde es mehr als merkwürdig, daß Humphries zufällig diese Fancee Porter besucht, kurz bevor sie stirbt."

„Das Merkwürdige ist, daß er jedesmal anwesend ist“, sagte Carol.

Bourke starrte auf die Liste der Erben und kratzte sich nachdenklich am Kinn. „Der Sündenbock?“ fragte er Carol.

„Das wäre bedenkenswert.“

Upton runzelte die Stirn, womit er seine Einwände andeutete. „Das wäre viel zu schwierig. Denken Sie bloß mal an die Logistik, die es braucht, um Humphries reinzuhängen. Man müßte das alles genau mit seinem Dienstplan abstimmen. Hach, man müßte den Knaben rund um die Uhr beschatten. Wer könnte denn so was tun?“

„Jemand, der darauf trainiert ist, ein Privatdetektiv...“ antwortete Bourke und sah Carol an. „Fred Verrell?“

„Zwei Köpfe, ein Gedanke“, sagte Carol.

***

Verrell hatte sein Büro in Darlinghurst, nicht weit vom Polizeipräsidium. Als Carol und Bourke eintraten, war der Empfang nicht besetzt. Eine Nörgelstimme aus einem Büro verriet, wo sie Verrell fänden. Er verhehlte seinen Ärger nicht, als sie in seiner Tür standen. „Ich glaube nicht, daß Sie einen Termin ausgemacht haben“, fuhr er sie an, schnappte sich seinen kleinen schwarzen Pudel und klemmte ihn sich unter den Arm. Carol atmete erleichtert auf, denn Nero hatte schon die Zähne gefletscht und es auf ihre Knöchel abgesehen.

Verrell brüllte: „Barbara, wo zum Teufel stecken Sie? Sie sollen mir doch das Pack vom Leib halten!“

„Tut mir leid“, kam es von draußen. Verrell fluchte.

„Ein Zwergpudel, stimmt's?“ fragte Bourke freundlich und zeigte auf Nero.

Verrell grunzte gereizt. „Toypudel, wenn Sie's unbedingt wissen wollen. Lassen wir das Gedöns. Was wollen Sie?“ Er zog sich hinter seinen Schreibtisch zurück und funkelte sie an. Carol kam der Verdacht, daß er damit das eklatante Größenverhältnis zwischen Bourke und sich kaschierte.

„Sie vermitteln Bodyguards an Mr. Inman."

„So? Das ist kein Geheimnis, Kommissarin."

„Haben Sie auch anderen Erben Ihre professionellen Dienste vermittelt?" fragte Bourke. Er begann mit dem Aufzählen der Namen, doch Verrell winkte ungeduldig ab.

„Ich bin ja nicht blöd, ich weiß, wer sie sind. Die Antwort ist nein. Und jetzt, wenn Sie nichts dagegen haben – ich bin ein vielbeschäftigter Mann."

Carol sagte: „Kent Humphries."

Verrell zuckte kaum merklich die Wimper, bevor er sagte: „Was ist mit ihm? Er arbeitet bei Qantas. Er ist einer der Erben. Das ist alles, was ich weiß. Einer von meinen Leuten, Petterson, hat ihn für Slessor durchgecheckt, als Humphries seinen Erbanspruch angemeldet hat."

„Sie haben Mr. Humphries nie getroffen?" fragte Bourke.

Verrell zuckte die Achseln. „Nicht daß ich wüßte. Warum?"

„Könnten Sie in Ihren Unterlagen nachsehen? Wir bekamen die glaubwürdige Information, daß Kent Humphries seit einiger Zeit von Ihrem Unternehmen beschattet wird."

Nero fiepte und starrte sein Herrchen an. Verrell sagte: „Ich muß nirgendwo nachsehen. Keiner von meinen Männern hat Humphries jemals beschattet."

„Vielleicht haben Sie's ja selbst getan", sagte Bourke.

„Ich werde nicht abstreiten, was nie geschehen ist. Bitte, gehen Sie."

„Würden Sie uns die Namen der Leute nennen, die für Sie arbeiten? Sowohl vollzeitlich als auch stundenweise."

Verrell sprang auf die Füße. „Nicht ohne Gerichtsbeschluß. Und jetzt gehen Sie!"

Beim Hinausgehen starrte Barbara am Empfang sie schlecht gelaunt an. Sie war jung, ungepflegt und blond gefärbt. „Barbara, sofort zu mir!" brüllte Verrell durch die geschlossene Tür.

Draußen in der Sonne sagte Bourke grinsend: „Das mit der ‚glaubwürdigen Information, daß Humphries beschattet wird', war echt cool."

„Vor allem der Pudel-Kneif-Test. Ein lebender Lügendetektor, findest du nicht?"

„Auf gar keinen Fall würde Verrell selbst Humphries beschattet haben", sagte Bourke. „Er hätte mehrere Leute auf ihn angesetzt haben können oder klugerweise nur einen. Wir brauchen ein paar Namen."

„Die kriegen wir schon, aber es wird etwas dauern."

„Zum Glück findet man ja immer einen, der quatscht. Ich fragte mich, wer wohl am besten die berückende Barbara bezirzt? Miles oder Les? Oder vielleicht könnte Anne die Wir-Mädels-gegen-den-Rest-der-Welt-Nummer abziehen..."

***

Am Nachmittag erhielt Carol einen Anruf von Madeline Shipley. „Carol, Schätzchen, wir haben eine Ewigkeit nicht mehr miteinander geredet, geschweige denn irgendwas Interessantes zusammen gemacht." Sie lachte ihr heiseres, leicht anzügliches Lachen. „Vielleicht könnten wir uns ja um der alten Zeiten willen mal wieder treffen?"

Madelines *Shipley-Report* war seit Jahren ein TV-Quotenrenner und befaßte sich mit dem Hintergrund aktueller Themen, die die Öffentlichkeit besonders interessierten. Gelegentlich sah Carol sich die Sendung an und staunte jedesmal, daß Madelines polierte Schönheit sich überhaupt nicht zu ändern schien. Das fand sie unfair, denn wenn sie in den Spiegel schaute, verheimlichte ihr das rücksichtslose Ding nicht, daß sie definitiv älter wurde.

„Ein andermal, Madeline. Was kann ich für dich tun?"

„Chuck Inman. Er spinnt sich da eine Geschichte von Mord und Totschlag zusammen. Unsere Justitiare haben das

Band genau geprüft. Wir mußten eine Menge herausschneiden, aber es ist noch immer eine sensationelle Geschichte. Ich frage mich, ob ich von dir einen Kommentar bekommen könnte, offiziell oder unter dem Siegel der Verschwiegenheit."

Carol lehnte sich in ihren Sessel zurück und überlegte. Dann antwortete sie: „Offiziell gesagt – wir haben mit Mr. Inman gesprochen und werden das hoffentlich weiterhin tun."

„Das heißt?"

Carol wußte, daß sie Madeline vertrauen konnte, zumindest auf beruflicher Ebene, deshalb sagte sie: „Jetzt ist es inoffiziell, okay?"

„Absolut okay. Was hast du für mich?"

„Chuck Inman hat nicht ganz unrecht mit seinem Hinweis auf einen abartigen Erbenmörder. Seine Wortwahl klingt witzig, aber die Situation ist es ganz und gar nicht. Ich glaube, wir haben es hier mit einem Serienmörder zu tun, Madeline. Jemand hat, vorsichtig gesagt, fünf Menschen ermordet, vielleicht sechs, wenn man Fancee Porter in den Staaten mitzählt, obwohl sie womöglich die einzige von der ganzen Sippe ist, die wirklich einem Unfall erlag."

„Carol! Das ist eine Bombe!"

„Du darfst das jetzt noch nicht verwenden, aber ich werde dir ein Exklusivinterview geben, wenn du mir im Gegenzug einen Gefallen tust."

„Abgemacht", sagte Madeline.

11

Die Woche verging im Flug. Carol rief Juanita Paz an. Hector meldete sich. „Meine Frau? Warum wollen Sie meine Frau sprechen?"

„Ich habe noch eine Frage, was die Pflege von Mr. Rule betrifft."

„Ich kann Ihnen alles sagen, was Sie wissen wollen."

Es brauchte ein paar Minuten nachdrücklichen Beharrens, bevor Juanitas zögernde Stimme in der Leitung war. „Ich habe Ihnen gesagt, was ich weiß, Kommissarin Ashton."

Carol war sicher, daß Hector Paz mithörte, und sagte: „Wie lange vor seinem Tod haben Sie erfahren, daß Mr. Rule sterben würde?"

„Ich weiß nicht genau..."

„Bauchspeicheldrüsenkrebs ist sehr oft tödlich, nicht wahr? Als Sie diese Diagnose hörten, muß Ihnen bewußt geworden sein, daß Ihr Patient nicht mehr lange zu leben hat. Wann war das ungefähr?"

Stille. Dann antwortete Juanitas leise Stimme: „Ich weiß nicht genau. Einige Monate vorher, glaube ich."

„Nicht mehr? Nicht vielleicht acht Monate? Oder zehn?"

„O nein, so lange vorher nicht." Und etwas lebhafter fügte Juanita hinzu: „Ich glaube immer das Positive, was meine Patienten betrifft. Den Tod ziehe ich nie in Betracht. Insofern kann ich Ihre Frage nicht beantworten, Kommissarin Ashton."

Carol tippte mit ihrem goldenen Stift auf den Schreibtisch. Sie kam zu dem Schluß, daß Juanita Paz auf all ihre Fragen bewußt vernebelnde Antworten gab. „Haben Sie mit irgendwem über die Tatsache gesprochen, daß Mr. Rule todkrank war?"

„Ich weiß nicht recht, was Sie meinen."

Carol wiederholte die Frage.

Juanita schwieg eine Weile, dann sagte sie: „Mit Dr. McMinn natürlich. Und vielleicht auch mit dem einen oder anderen Arzt, der Mr. Rule besuchte..."

„Darüber hinaus mit sonst jemand?"

„Ich weiß nicht, was Sie meinen."

Es war ein Stochern im Nebel. Carol bezwang ihre Ungeduld und fragte: „Haben Sie außerhalb des Haushalts irgendwem gegenüber erwähnt, daß Mr. Rule sterben würde?"

„Natürlich nicht! Ich glaube nicht, daß hier irgend jemand so etwas täte."

Nachdem sie aufgelegt hatte, starrte Carol vor sich hin. Anne hatte ihr gesagt, daß Dave Ledmark eine völlig andere Juanita Paz beschrieben hatte, eine Frau, die großen Einfluß auf die wilde Martina Rule ausgeübt hatte. Einer Eingebung folgend, rief sie in Canberra an und hatte Leota am Apparat. „Dies hier ist beruflich, nicht privat, Darling. Ich brauche einige Informationen über zwei Kolumbianer..."

Dann rief sie Anne zu sich. „Hector und Juanita Paz sind vor dreizehn Jahren nach Australien gekommen. Ich möchte, daß Sie versuchen, in Kolumbien etwas in Erfahrung zu bringen. Es könnte interessant sein, ihre Geschichte zu kennen, ihr Leben, bevor sie hierher gekommen sind." Sie schob Anne einen Zettel hin. „Dieser Typ ist von der CIA. Leota setzt sich mit ihm in Verbindung und informiert ihn, daß Sie anrufen. Er ist seit zwanzig Jahren Spezialist für Kolumbien. Wenn es etwas gibt, wird er es finden."

Am Donnerstagmorgen hatte Carol eine lange anstrengende Sitzung beim Polizeichef. Kriminalrat Edgar, der vergeblich versucht hatte dabeizusein, vertrat ihr den Rückweg in ihr Büro. „Also was gibt es, Carol?"

„Der Polizeichef ist einverstanden, daß Chuck Inman rund um die Uhr beschattet wird. Es ist unwahrscheinlich, daß er etwas tun wird, das ihn belastet, aber etwas Besseres bleibt uns momentan nicht."

Damit begnügte sich Edgar nicht. Er bestand darauf, daß Carol die Sitzung Punkt für Punkt mit ihm durchging. „Der Polizeichef wird wollen, daß ich mit im Ring bin", erklärte er.

Eines machte Edgars Aufdringlichkeit erträglich. Was Carol dem Kriminalrat verschwieg, war, daß der Polizeichef am Ende der Sitzung zu ihr gesagt hatte: „Ich habe mir Ihre Personalakte angesehen, Carol. Von einem schweren Fehler abgesehen, ist Ihre Erfolgsquote exzellent. Ich denke, Sie hätten längst eine Beförderung verdient. Wenn Sie diesen Fall zur Zufriedenheit lösen, kann ich mir nicht vorstellen, daß etwas dagegen spricht, daß Sie Hauptkommissarin werden."

Donnerstag gegen Abend erstattete Bourke Bericht über das Finanzgebaren des Anwalts. „Das Betrugsdezernat ist darauf angesetzt, aber ich habe schon mal ein paar Hintergrundinformationen über Slessor, Slessor, Dunkling und Gold, vor allem über Ambrose Slessor erhalten."

„Was ihren Ruf angeht", sagte Carol, „ist die Anwaltskanzlei eine der profiliertesten."

„Niemand hat angedeutet, daß die Partner nicht gerissen sind", sagte Bourke, „aber Kent Humphries war zu Recht mißtrauisch. Mein Mann im Betrugsdezernat sagt, es gäbe einige Fälle, die einer Verletzung der Berufsethik verdammt nahegekommen sind. Es blieb alles in der Familie, nichts drang nach draußen. Die juristischen Wachhunde hatten vor allem Ambrose Slessor im Visier. Aber obwohl es da etliche dubiose Vorgänge in bezug auf einige Fälle treuhänderischer Verwaltung großer Vermögen gab, sie waren nicht so eklatant, daß man sie hätte verfolgen müssen."

„Wie siehst du die Sache, Mark?"

„Slessor hat die Gesetze zwar gebeugt, aber nie gebrochen. Er hat einen höchst aufwendigen Lebensstil, ein äußerst anspruchsvolles Luxusweib, zwei total verwöhnte Gören, sie alle erwarten, daß er ihnen die Welt zu Füßen legt. Ich würde sagen, wenn es eine halbwegs sichere Möglichkeit gibt, sich die Rule'schen Milliarden unter den Nagel zu reißen, würde er sie ergreifen."

„Sagen wir mal, ich käme zu Ambrose Slessor als Erbberechtigte. Ich erwähne es nicht, aber ich habe bereits Rosalie Webb und dann Martina Rule aus dem Weg geräumt, um in die Reihe der Berechtigten aufzurücken. Ich verrate Ambrose Slessor, daß mir der Gedanke, mit sieben anderen zu teilen, gar nicht gefällt. Ich würde mich allerdings für seine professionelle Hilfe äußerst großzügig zeigen. Bevor nun das Nachlaßgericht entscheidet, wer was bekommt, machen Slessor und ich uns daran, die Reihe dramatisch zu lichten."

„Das könnte hinhauen", sagte Bourke. „Das Geld ist jedenfalls verlockend genug, und Slessor hatte bereits klebrige Finger. Aber welcher der Erben? Humphries? Die reizende Ophelia? Chuck Inman?"

„Vielleicht ist Kent Humphries gerissen genug, sich selbst als Opfer hinzustellen, so daß er am Ende jemand anders bezichtigen kann, ihn mit Absicht reinzuhängen."

„Ich steh' auf Ophelia", sagte Bourke und fügte lachend hinzu: „Aber ich stand ja schon immer auf starke Frauen."

„Chuck Inman kommt heute abend im *Shipley-Report*", sagte Carol. „Ich weiß, daß er bestimmt nicht widerstehen kann, sich selbst im Fernsehen zu sehen. Schauen wir also, ob er in seinem Hotel ist. Vielleicht können wir den Moment gemeinsam genießen."

„Ich überprüfe das eben." Mit einem raschen Anruf informierte sich Bourke. „Er ist in seiner Hotelsuite. Er hat sich für neun Uhr ein Mädchen aufs Zimmer bestellt, koste es, was es wolle. Es wäre unhöflich, wenn wir allzu lange blieben, findest du nicht?"

***

Inman bewohnte eine Suite in einem Luxushotel beim Circular Quay. Obwohl Carol und Bourke unangemeldet erschienen, ließ er sie fröhlich eintreten. Heute trug er eine alte braune Hose und ein T-Shirt mit dem Aufdruck *The Lone Star State... Texas Forever!* Er war barfuß. Carol sah, daß er sich rasiert hatte, aber seine langen rötlichen Zotteln wirkten immer noch ungekämmt.

Die Suite war groß und sehr komfortabel. Auf der Bar stand ein Eiskübel mit einer Flasche Champagner darin. Carol zeigte auf die beiden Champagnerflöten.. „Stören wir Sie bei irgend etwas?"

Inman grinste Bourke verschwörerisch an. „Wir Männer sehnen uns ab und zu nach ein bißchen weiblicher Gesellschaft, wenn Sie verstehen, was ich meine."

Carol stellte Mark Bourke vor. Bourkes Hand schüttelnd, sagte Inman: „Sagen Sie Chuck zu mir." Er winkte ihnen zu, sich zu setzen, und tat es ihnen nach. „Haben Sie Eric Rule gefunden?" fragte er.

„Mich wundert, daß Sie das mit ehrlichem Gesicht fragen können, Mr. Inman."

Chuck sah sie verletzt an. „Mich wundert, was Sie damit sagen wollen, Kommissarin Ashton."

„Ich habe mit Katarina Thane gesprochen."

„Und sie bestätigte zweifellos, was ich gesagt habe. Diese junge Frau steht mit dem Großen Unbekannten in Verbindung, dem parallelen Universum, sie hat den Sechsten Sinn... Wie immer man das nennen will."

Bourke grinste. „Also glauben Sie, was eine Hellseherin sagt?"

„Das tue ich. Ja, wirklich", sagte Inman im Brustton der Überzeugung.

Jetzt grinste Carol. „Ich habe eine Nachricht für Sie von Ms. Thane. Sie sagte, sie hätte den Scheck über die zweite Rate nicht erhalten, und Sie würden einen Haufen schlechtes Karma aufbauen."

Inman überging das mit einem Zungenschnalzen. „Katarina übertreibt öfter mal. Der Scheck ist in der Post, wie man so sagt."

„Ms. Thane erklärte ganz kategorisch, daß Sie ihr die Geschichte von Eric Rule erzählt haben und sie sie Ihnen in der Form zurückgegeben hat, die ihr zupaß kam – als Ergebnis hellseherischer Begabung."

„Warum sollte ich mir diese Mühe machen?" fragte Inman ungerührt.

„Das haben wir uns auch gefragt", antwortete Bourke. „Um einen Wirbel zu veranstalten? Um arme Bullen auf die falsche Fährte zu locken? Um die Medien heiß zu machen? Oder – darauf tippe ich persönlich – weil es Spaß macht."

Carol wollte gerade auf Madeline Shipleys Programm hinweisen, als er auf seine Armbanduhr sah. „Apropos Medien", sagte er, „jetzt fängt eine Sendung an, die ich mir nicht entgehen lassen will."

Er nahm die Fernbedienung vom Tisch neben seinem Sessel und schaltete den Fernseher an. Madelines dunkle Stimme begrüßte die Zuschauer des *Shipley-Report*.

In diesem Moment klingelte das Telefon. Inman grunzte ärgerlich, als er sich den Hörer schnappte. „Ja?" Carol sah, wie er die Schultern straffte. „Ich kann jetzt nicht reden. Ich bin nicht allein. Ja, gut."

Auf der Mattscheibe wurde gerade Zahnpastawerbung eingeblendet. Inman legte auf und versuchte, lässig zu erscheinen. Carol hätte gewettet, daß er irgendeine Erklärung abgäbe, um von dem Anruf abzulenken. Sie hatte recht.

„Ich bin auf dem besten Weg, ein Fernsehstar zu werden", sagte er mit selbstgefälligem Lachen. „Diese Reporter, sie finden einen überal."

Als weder Carol noch Bourke darauf eingingen, räusperte er sich, stellte den Fernseher lauter und erwartete das Ende des Werbeblocks. Nach der Anpreisung einer Versicherung, einer Benzinmarke, eines neuen Bewässerungssystems und eines Toilettenreinigungsmittels erschien Madeline wieder und kündigte den ersten Beitrag an.

„Das bin ich", sagte Inman, der jetzt sehr entspannt sein Bild betrachtete. Madeline war hervorragend wie immer. Sie war eine glänzende Interviewerin, nie bedrängte sie ihr Gegenüber, aber in ihrer äußerst charmanten Art bekam sie heraus, was sie wollte. Chuck Inman kam auf dem Bildschirm sehr gut rüber, dachte Carol. Er präsentierte den Typus des rauhen, unordentlichen Idealisten – eines Mannes, der seinen Weg geht. Und Carol mußte zugeben, daß er durchaus überzeugend wirkte, egal wie bizarr seine Theorien sein mochten.

Das Interview war stark zusammengeschnitten, bei den drakonischen australischen Verleumdungsgesetzen ließ man nicht zu, daß Inman jemanden direkt beschuldigte. Er brachte nur Allgemeinplätze, aber die in zu Herzen gehender Weise. Carol hätte ihm beinahe geglaubt.

In der Zusammenfassung brachte Madeline den Stoff, den Carol kürzlich mit ihr besprochen hatte. In einer Großaufnahme ihres fast makellosen Gesichts sagte Madeline: „Sie haben Mr. Inmans faszinierende, erschreckende Geschichte von Erbschaft und rätselhaften Todesfällen gehört, von Hellseherei und Gestalten in der Wüste. Der *Shipley-Report* ist stolz, Ihnen verblüffende neue Entwicklungen in dieser Sache präsentieren zu können. Stichhaltige Beweise für vorsätzlichen Mord, Konspiration, für monatelange Mordplanung, für die Vernichtung einer Familie auf unglaublich bestialische Weise. Für den Versuch, all diese Taten einem Unschuldigen in die Schuhe zu schieben." Sie hielt inne, schaute mit tiefem Blick in die Kamera und sagte: „Weitere Enthüllungen nach diesen wichtigen Hinweisen."

Ein weiterer Werbeblock wurde eingeblendet. Inman gab ein besorgtes Lachen von sich. „Sie hat einen Knüller, sagte sie. Natürlich wissen Sie alles darüber. Um was geht's denn?"

Bourke erwiderte ominös: „Wir können das nicht kommentieren, Mr. Inman."

„Dann eben im Vertrauen. Ich werde bestimmt niemandem etwas sagen."

Carol lächelte zynisch. „So wie Sie auch in dem gerade gesehenen Beitrag nichts gesagt haben?"

Noch mehr Werbung, dann der Trailer für eine neue Show. Madeline kam ins Bild zurück, sie wirkte wie ein lebendes Kunstwerk. Sie präzisierte kurz die zuvor genannten Punkte und schloß: „Schon bald werden wir in der Lage sein, Ihnen die ganze schockierende, verruchte Geschichte von Gier und Tod zu präsentieren. Verhaftungen stehen unmittelbar bevor. Sobald es uns gestattet ist, bringen wir die Fakten in ihrer ganzen entsetzlichen Wahrheit."

Nachdem sie Inman verlassen hatten, der es nach Carols Meinung hervorragend verstand, seine wachsende Sorge zu verbergen, rief Bourke die Techniker an, die Inmans Telefon abhörten.

„Eine Flüsterstimme", teilte Bourke Carol mit, „sagte Inmans Namen, was der geantwortet hat, haben wir ja gehört, dann sagte der Anrufer, sie würden später miteinander sprechen. Der Anruf war zu kurz, um ihn zurückzuverfolgen."

„Wir werden sehen, ob Chuck hinreichend alarmiert ist, so daß er zurückruft."

***

Am nächsten Tag überreichte Miles Li augenrollend Carol die Liste der Leute, die für Verrell arbeiteten. Er hatte Barbara, Verrells Empfangsdame, so weit eingewickelt, daß sie sie ihm gegeben hatte. „Sie ist schwer zu knacken", sagte er, was Carol für eine meisterhafte Untertreibung hielt. Sie ließ Miles jeden Namen überprüfen, hegte aber keine Hoffnung, daß etwas dabei herauskäme, da sie den Verdacht hatte,

Verrell nähme sich für diesen Job einen Schwarzarbeiter, dessen Name in den Büchern nicht auftauchte.

Maureen Oatland kam hereingeschlendert, als Carol gerade ihre Tasche packte und früher gehen wollte, um vor der Porträtenthüllung bei Sybil ihren Sohn David abzuholen.

„Ich habe ins Schwarze getroffen, Carol. Sie erinnern sich noch, ich habe meine Visitenkarten in der Kneipe gelassen, für den Fall, daß ich jemanden nicht angetroffen hätte, der womöglich gesehen hat, wie und mit wem Flint weggegangen ist? Nun, gerade hat mich ein Typ namens Billy Murdoch angerufen und erklärt, er habe Jim Flint in der bewußten Nacht mit einer Frau gesehen. Ich bin jetzt auf dem Weg zum *Quitters' Arms*, um ihn zu befragen."

„Sobald Sie mit ihm gesprochen haben, rufen Sie mich auf meinem Mobiltelefon an, Maureen."

„Mach ich."

Maureen eilte davon, gut gelaunte Selbstsicherheit ausstrahlend. Ihre aufgekratzte Vitalität hatte etwas, das selbst widerspenstige Zeugen zum Reden brachte. Carol zweifelte nicht daran, daß Maureen etwas herausbekäme, wenn es etwas herauszuholen gab.

David, Carols Sohn, lebte bei seinem Vater und seiner Stiefmutter in einem östlichen Vorortviertel. Er hatte unbedingt zu der Porträtenthüllung mitkommen wollen, weil er einerseits Sybil seit Jahren kannte und mochte, andererseits weil Tante Sarah ihm versprochen hatte, Lillian Broadhall, eine der Ökohexen, würde ihm sämtliche schauerlichen Details über ihre Inhaftierung in Thailand erzählen.

Carol holte ihn ab, und sie fuhren über die Sydney Harbour Bridge direkt zu den Stränden im Norden. Auf der Fahrt sagte David nichts über ihren möglichen Umzug in die Staaten, sondern plauderte über seine neue Schule, den Sport, die haarsträubenden Heldentaten eines Freundes, dann fragte er Carol nach dem Fall Rule.

„Mein Schatz", sagte Carol, „du weißt doch, daß ich darüber nicht reden kann."

„Ach Gott! Bloß ein bißchen, Mum. Ich hab' den Jungs erzählt, du bist supercool."

„Supercool bringt dich auch nicht weiter." Carol lachte. „Was hast du ihnen versprochen."

„Halt Sachen, die nicht im Fernsehen sind. Dieser Mann, dem man die Kehle durchgeschnitten hat – wie hat er ausgesehen? Das Blut und all das?"

„Tut mir leid. Das geht nicht." Carol warf ihrem Sohn einen liebevollen Blick zu. Er schien schon wieder einen Schuß in die Höhe getan zu haben. Jetzt konnte es täglich soweit sein, daß er auf sie herabblickte.

„Dann muß ich mir was ausdenken." Er grinste verführerisch. „Es wäre viel besser, wenn du's mir einfach erzählst, Mum."

Carol war bei Sybils Haus angelangt. „Raus mit dir. Ich parke den Wagen." Sie sah ihm nach, als er die Treppe zu Sybils Haustür hinaufsprang, und es gab ihr einen Stich ins Herz. Bald wäre er ein Mann, der mit dem Vertrauen der Jugend in die Welt hinausginge. Er würde Freundinnen haben – oder, wenn sie an sich selbst dachte, vielleicht Freunde.

Sie lächelte, als sie von der schließlich gefundenen Parklücke hügelab wanderte. Es hatte sie ein wenig erschüttert zu sehen, wie schnell David seine Kindheit hinter sich ließ und ein junger Mann wurde. Auch wenn es ihr schwer fiel, sich das einzugestehen – aber, zum Teufel, in nicht allzu ferner Zeit könnte sie Großmutter sein...

Am Fuß der Treppe hielt sie an und sah zum Haus hoch. Durch die offenen Fenster drang Stimmengewirr. Jemand lachte schallend. Leota mußte schon eingetroffen sein. Sie hatte sich auf der Herfahrt von Canberra gemeldet und gesagt, daß sie gut vorankäme und Carol auf der Party träfe.

Die ganze Woche über hatte Carol mit der Entscheidung gerungen, die sie Leota heute mitteilen wollte. Unschlüssig hatte sie hin und her geschwankt, sämtliche Fürs und Widers erwogen, die Sache von allen Seiten bedacht. Sie hatte ihre Meinung so oft geändert, daß ihr fast schwindlig geworden war. Doch jetzt war sie entschlossen, Leota zu sagen: *Ja, ich werde mit dir in die Staaten gehen. Ich kann nicht ertragen, das zu verlieren, was wir zusammen haben.*

In Sybils geräumigem Haus herrschte direkt Gedränge, überall standen, redeten, aßen und tranken Leute. Tante Sarahs Porträt hing allein an der Wand. Carol winkte einigen Ökohexen zu, die sie kannte, während sie näher trat. Yancey Blake, in schwarzer Hose und schwerer golddurchwirkter Tunika und mit mächtigen Jadeohrringen, kam zu ihr, als sie das Bild betrachtete.

„Wie finden Sie es?“ fragte sie.

Das gerahmte, angestrahlte Porträt beeindruckte Carol sehr. Tante Sarahs Gesicht schien fast von innen her zu leuchten. Yancey hatte sie nicht idealisiert, aber ihr die gebührende Achtung gezollt. Tante Sarahs Augen strahlten Humor und Intelligenz aus, und Carol spürte unmittelbar ihre Leidenschaft für die Umwelt, aus der heraus sie Aktivistin geworden war. Ihre aufrechte, irgendwie heroische Figur vermittelte Wärme und Verbundenheit mit der Natur im Hintergrund.

„Es ist fantastisch“, sagte Carol. „Sie haben ein wundervolles Bild gemalt. Tante Sarah muß sehr erfreut sein.“

Jemand kam und verwickelte Yancey in ein Gespräch über Malerei, so schlenderte Carol weiter und begab sich auf die Suche nach Leota. Am Buffet nahm sie sich ein Glas Rotwein und einen Käsespieß und ließ den Blick forschend über die Menge schweifen.

Lillian Broadhalls würdevolle Gestalt stand plötzlich vor ihr. „Nun, jagen Sie noch immer Verbrecher?“

„Ich versuch's."

„Gut." Lillian deutete mit dem Kopf in Richtung des Porträts. „Sarahs Bild – wie finden Sie es?" fragte sie in ihrer üblichen lakonischen Art.

„Es ist schwer, meiner Tante auf Leinwand gerecht zu werden, aber ich finde, Yancey hat es geschafft."

„Ihrem freien Geist, ja." Lillian packte Carols Ellbogen und beugte sich dicht zu ihr. „Will Sie sehen. Ambrose Slessor. Er ist hier, wissen Sie. Yancey Blake porträtiert ihn. Aufgeblasener Kerl. Sehr aufgeblasen."

„Sie kennen ihn?"

„Leider ja! Meine liebe Freundin Rose war mit einem Mann verheiratet, der sich geschäftlich für eine Koryphäe hielt. Er ist an irgendeinem Punkt eine Partnerschaft mit Ambrose eingegangen. Ted hatte große Pläne, aber nicht viele graue Zellen. Ein totales Fiasko. Zwei, dreihunderttausend in den Sand gesetzt. Rose und er verloren um ein Haar ihr Haus. Und Ambrose Slessor? Er hatte nicht die geringsten Probleme." Sie starrte Carol mit gerunzelter Stirn an. „Verschlagen und mit allen Wassern gewaschen."

„Gab es nach dem Konkurs ein gerichtliches Verfahren?"

„Nein. Ambrose ist schlau wie ein Fuchs. Was ich damit sagen will? Wenn der irgendwo seine Finger drin hat..." Sie drehte den Daumen vielsagend nach unten. „Alle verlieren, außer Ambrose. Großer Schädel. Große Ambitionen. Keine Moral. Er hat mit dieser Thurmond-Rule-Sache zu tun? Da sieht es schlecht aus für alle, außer Ambrose."

Strahlend erschien Tante Sarah mit David im Schlepptau. „Hier ist Lillian", sagte sie zu ihm.

„Stimmt es, daß Sie in Thailand im Gefängnis waren?"

„Schrecklicher Ort. Da würde es dir bestimmt nicht gefallen." Lillian grinste ihn an. „Möchtest du alle gruseligen Details hören?"

„Ja, bitte."

Sie ließen David im Gespräch mit Lillian Broadhall, und Tante Sarah dirigierte Carol in Richtung Küche. „Leota ist da drin und unterhält sich mit Sybil“, sagte sie mit einem Seitenblick zu Carol.

„Wie schön.“

Ihre Tante grinste „Nicht wahr?“

Ambrose Slessor, wie immer in dunklem Maßanzug, nickte mit dem riesigen Schädel, als sie an ihm vorbeiging. Er machte ein säuerliches Gesicht, wie Carol amüsiert bemerkte. Unübersehbar war sie für ihn persona non grata.

Unvermittelt stand Mark Bourke vor ihr. „Carol, kann ich dich einen Moment sprechen?“

„Ich werde Leota sagen, daß du hier bist“, sagte Tante Sarah. Sie tätschelte liebevoll Bourkes Arm. „Wo ist Pat?“

„Meine bessere Hälfte ist in der Küche mit Leota und Sybil. Vielleicht kochen sie gerade etwas Schreckliches aus. Ich habe den Verdacht, sie wollen sich den Ökohexen anschließen – als Juniorinnengruppe.“

Kichernd entfernte Tante Sarah sich.

„Was gibt's, Mark?“

„Gerade als du weggingst, bekam Anne die Information von Leotas CIA-Kollegen. Hector und Juanita Paz – sie waren vor dreizehn Jahren in einen verdächtigen Todesfall involviert.“ Er lächelte grimmig. „Kommen dir die Darsteller der Geschichte irgendwie bekannt vor? Da gibt's einen aufmerksamen persönlichen Assisenten. Da gibt es eine sehr süße, engagierte Krankenschwester. Da gibt es einen reichen Mann, sehr krank.“

„Laß mich raten. Der reiche Mann stirbt.“

„Ja. Plötzlich und unerwartet. Immense Geldsummen sind unerklärlicherweise verschwunden. Die Familie zeigt anklagend mit dem Finger. Der Assistent und die Krankenschwester weisen selbstredend entsetzt den Verdacht von sich.“

„Gab es ein Ermittlungsverfahren?"

„Ja, gegen Bruder und Schwester."

„Bruder und Schwester?"

Bourke grinste. „Sie sind nicht verheiratet. Jedenfalls nicht offiziell. Hector und Juanita sind Bruder und Schwester. Der Nachname lautet Valencia. Ihre Papiere sind hervorragend gefälscht, so gut, daß sie in Australien einreisen konnten, und so gut, daß sie Thurmond Rules Überprüfung standhielten, bevor er sie einstellte."

Carol fiel ein, daß sie anfangs gedacht hatte, die beiden sähen wie Geschwister aus. „Stehen sie in Kolumbien auf der Fahndungsliste?"

„Nicht wegen Mordes an dem alten Mann, nein. Das Ermittlungsverfahren konnte den Verdacht nicht beweisen. Aber die Familie war hartnäckig und hatte Geld genug, die Sache weiterzuverfolgen, bis irgendwas zutage käme. So änderten Hector und Juanita den Namen Valencia in Paz, wurden Mann und Frau und machten sich nach Australien zu neuen Ufern auf."

„Hier bist du!" Leota schlang Carol den Arm um die Taille und drückte sie. „Ich habe dich vermißt, mein Schatz."

„Darling, entschuldige bitte, es dauert noch einen Moment."

Leota lächelte. „Kein Problem. Ich besorge dir inzwischen noch einen Wein." Sie nahm Carols Glas und stellte sich in die Schlange an der Bar.

„Die Dinge fügen sich ineinander", sagte Carol zu Bourke. Sie erzählte ihm, daß Maureen Oatland womöglich einen Zeugen aufgetrieben hatte. „Sie ruft an, sobald sie etwas hat."

Pat kam und entführte Bourke, um ihn mit der berüchtigten Hazel Foster bekanntzumachen, die den Ökohexenrekord im Verhaftetwerden bei Demonstrationen hielt.

„Carol?"

Carol drehte sich bei der vertrauten Stimme um. „Hallo, Sybil, tolle Party."

Sybil, deren schlichtes grünes Kleid ihre rote Mähne aufflammen ließ, sagte: „Ich bin Leota in der Küche begegnet, wir haben uns miteinander bekanntgemacht und geredet."

Carol merkte, wie sie sich innerlich verkrampfte. „Ja...?"

„Sie ist wirklich nett, Carol." Eine Pause. „Sie sagt, sie kehrt in die Staaten zurück."

Ein vorsichtiges Nicken erschien Carol die beste Antwort. Ohne zu verstehen, warum sie sich plötzlich so angespannt fühlte, erklärte sie: „Es war klar, daß Leota nicht für immer hier bliebe."

Sybil blickte sie aufmerksam an und fragte: „Gehst du mit ihr?"

„Ja." Es war, als hätte sie Sybil eine Ohrfeige versetzt. Als sie sah, wie Sybil zurückzuckte, hörte sie sich sagen: „Nein... Ich weiß es nicht..."

Ihr Telefon klingelte. Das mußte Maureen sein. Sie griff danach wie nach einem rettenden Strohhalm, der sie des Gesprächs enthob, das plötzlich ein Minenfeld geworden war. „Carol Ashton." Während sie zuhörte, trat der Partylärm ganz in den Hintergrund. Sie stellte rasch ein paar Fragen, gab einige Anweisungen und sagte: „Ich komme sofort – in etwa einer halben Stunde bis vierzig Minuten", und beendete das Gespräch.

„Ich muß weg", sagte sie zu Sybil. „Schade, daß ich so früh gehen muß. Ich habe David mitgebracht –"

„Ich kümmere mich um ihn."

Carol sichtete Bourkes Kopf über die Menge hinweg, sie winkte ihn mit einer dringenden Geste herüber. „Mark, Nicholas Jordan wurde tot in seinem Bett gefunden. Die Spurensicherung ist schon auf dem Weg. Und als reine Vorsichtsmaßnahme lasse ich Kent Humphries in Gewahrsam nehmen."

„Ich komme mit dir", sagte Bourke. „Pat kann unseren Wagen nehmen."

„Ich muß rasch Leota suchen."

„Zur Stelle, wie gerufen", sagte Leota hinter ihr. „Hast du was Dringliches?"

„Ja, tut mir leid, aber ich muß weg."

„He", sagte Leota, „wenn ich etwas verstehe, dann ist es dein Job, Carol. Ich werde zu Hause auf dich warten, okay?" Sie beugte sich zu ihr und flüsterte: „Weck mich, egal, wie spät es ist. Es gibt ein paar neue Sachen, die ich perfektioniert habe."

12

Ophelia Rule war hysterisch im vollen dramatischen Sinn des Wortes. „Ich habe ihn getötet! Ich habe meinen Bruder getötet!" schrie sie.

„Ich habe ihr etwas gegeben", erklärte der Chefarzt, der zu Hause aufgescheucht worden war, „aber es scheint nicht recht anzuschlagen."

„Hat sie ihren Bruder oft besucht?"

Er schnaubte durch die lange Nase. „Eher weniger. Sie bezahlt die Rechnungen, kontrolliert jeden Posten, und wenn wir Glück haben, kommt sie alle sechs Monate mal herein."

„Wenn ich es recht verstehe, hat sie um Verstärkung der Sicherheitsmaßnahmen für ihren Bruder gebeten."

„Das höre ich zum ersten Mal."

Carol wollte sich gerade abwenden, als ihr eine andere Frage einfiel: „Sagen Sie, Herr Doktor, wie war Jordans langfristige Prognose?"

„Er hatte natürlich diese Hirnverletzung und lag im

Koma, aber in einem leichten, und es gab Zeiten, da war er fast bei Bewußtsein. Er atmete aus eigener Kraft, ansonsten war er vollkommen auf unsere Pflege angewiesen."

„Insofern gab es keine Maschinen, die gewarnt hätten, wenn seine Atmung aussetzt?"

„Nein. Unser Pflegepersonal schaut regelmäßig nach jedem Patienten. Die Schwester hat sofort gesehen, daß etwas nicht stimmte, und Alarm geschlagen."

„Ohne diese Intervention wäre Mr. Jordan also wahrscheinlich nicht so bald gestorben?"

Der Arzt zog eine Grimasse. „Stark wie ein Ochse, im Grunde. Er hätte hundert werden können – ohne eine Infektion. Sie verstehen, wir versuchen unser Bestes zur Rehabilitierung unserer Patienten. Solche wie Jordan sind Geldgräber für ihre Familien, ohne die Hoffnung, je ein sinnvolles Leben zu führen."

Die Langzeitpflegestation wurde offensichtlich gut geführt, aber ökonomische Zwänge beschränkten die Anzahl der Nachtdienstkräfte. Carol ließ die ganze zweite Etage sperren, und Liz Carey, äußerst irritiert, daß ihr Freitagabend gestört wurde, war mit ihrem Team im Zimmer mit dem Leichnam Nicholas Jordans. Man hatte seine Schwester dazu gebracht, sich in ein kleines Wartezimmer zu setzen, wo sie alle paar Minuten aufsprang und die Hände rang.

Während Bourke eine Befragung des Personals und der Patientinnen und Patienten organisierte, ging Carol mit Anne zu Ophelia. Carol, durch die hysterischen Heulanfälle inzwischen genervt, sagte entschieden: „Sie müssen sich jetzt beruhigen. Sofort. Wir müssen unbedingt herausfinden, was Sie wissen."

„Ich weiß, daß ich ihn getötet habe", erklärte Ophelia schon sehr viel ruhiger. Carol hätte es sich gern als Erfolg zugeschrieben, glaubte aber eher, daß das Mittel des Arztes schließlich seine Wirkung tat.

„Sie haben nicht um Verstärkung der Sicherheitsmaßnahmen gebeten", sagte Carol, „obwohl Sie mir gesagt haben, daß Sie's getan hätten. Warum das?"

Die alte Ophelia gewann gleich wieder die Oberhand. Sie funkelte Carol an. „Ich hab's nicht für nötig gehalten. Das kostet, wissen Sie. Rausgeschmissenes Geld."

„Dies ist Kriminalwachtmeisterin Newsome. Sie wird Ihnen jetzt ein paar Fragen stellen. Bitte schildern Sie ihr ganz genau, was Sie heute abend gesagt und getan haben."

Im Zimmer des Toten hatte Liz Scheinwerfer aufgestellt und aufs Bett mit dem Leichnam gerichtet. „Hier gibt's keine Rätsel", sagte sie, auf das Kissen am Boden deutend. „Feucht von Speichel. Er wurde erstickt."

„Brauchte man dazu viel Kraft?"

„Carol, im Ernst, der Mann lag im Koma. Ein Kleinkind hätte ihn ersticken können."

Eine Stunde später konferierten Bourke und Carol unten im Schwesternzimmer miteinander. „Hier konnte jeder rein und raus. Unter Verschluß befanden sich nur die Medikamente, aber in Krankenpflegeruniform konnte jeder ungehindert zu ihm gelangen."

Carol hatte ihr Handy auf Vibration gestellt, um die Patienten nicht durch das Klingeln zu stören, es herrschte schon genug Trubel. Als es in ihrer Tasche vibrierte, dachte sie sofort an Maureen, doch es war Upton. „Humphries hat sich aus dem Staub gemacht", sagte er. „Ich habe seinen Namen und sein Bild zur Fahndung rausgegeben." Dann fügte er mit einem Unterton von Ich-hab's-Ihnen-ja-Gesagt hinzu: „Ich denke, jetzt ist er dran, hm?"

Während Carol Bourke informierte, vibrierte das Telefon zum zweiten Mal. Maureen Oatland frohlockte: „Murdoch hat sich verlustiert, Carol. Er hat sich bisher nicht gemeldet, weil er sich zur fraglichen Zeit auf dem Hotelparkplatz mit seiner neuen Flamme in seinem Van amüsiert hat. Verständlicherweise lag ihm nicht daran, daß seine Frau dahinterkam. Dann änderte er seine Meinung." Sie gackerte. „Er erkundigte sich doch tatsächlich, ob es eine Belohnung gäbe."

„Was hat er gesehen?"

„Flint, den er kannte und nicht mochte, stieg mit einer älteren Frau in seinen roten Lieferwagen. Sie war zierlich und schwarzhaarig. Und stellen Sie sich vor, Flint hatte sich an dem Abend gebrüstet, wie sehr die Ausländerin auf ihn stand."

„Juanita Paz."

„So klingt es", antwortete Maureen.

Als Carol auflegte, steckte Bourke gerade sein Handy ein. „Ich habe eben erfahren", sagte er, „daß Chuck Inman kurz nach unserem Abgang zurückgerufen hat. Er war schlau genug, nach unten zu gehen und in der Hotellobby ein öffentliches Telefon zu benutzen, nur hat ihm das auch nichts gebracht. Wir hatten auch das angezapft. Er rief Hector Paz an. Paz versuchte, ihn zu beruhigen, aber Inman wollte nichts davon hören. Er ging nach draußen und winkte ein Taxi herbei. Es sieht so aus, als sei er momentan auf dem Weg zum Rule'schen Anwesen. Unsere Leute folgen ihm, aber ich habe ihnen geraten, in Deckung zu bleiben."

„Maureen hat einen Zeugen gefunden, der eine Person, die Juanita sein könnte, an dem bewußten Abend mit Flint wegfahren sah."

„Schnappen wir sie uns", sagte Bourke, der vorsichtigste unter den Kriminalisten. „Carol?"

Carol fühlte, wie ihr heiß wurde. Das Jadgfieber, dachte sie. Oder vielleicht war es auch die Reaktion auf die Frustrationen, die Entscheidungen, die sie die ganze Woche verfolgt hatten. „Du sagst es, Mark. Ich rufe rasch Maureen zurück, damit sie Anne hier helfen kann. Dann geht's los."

***

Der nicht gekennzeichnete Polizeiwagen parkte in der Straße, die zu dem imposanten Tor der Rule'schen Umzäunung führte. Carol und Bourke sprachen kurz mit den Polizisten in Zivil. „Inman ist vor etwa vierzig Minuten gekommen", sagte der Fahrer. „Hat das Taxi bezahlt und mit dem Typen am Tor geredet, der ihn hereinließ. Seitdem hat sich nichts getan."

Carol erfaßte eine Erregung, deren Heftigkeit sie überraschte. Sie zwang ihre Stimme zur Ruhe und sagte: „Okay, bleiben Sie hier. Wir rufen Sie, wenn wir Sie brauchen."

Einen Moment überlegte sie, ob sie Leota anrufen und ihr sagen sollte, was vorging. Aber dies fiel nicht in ihren Zuständigkeitsbereich.

Carol öffnete die Lasche des Halfters hinten in ihrer Taille, in dem die Glock steckte. Bourke hatte eine schwere Waffe, eine neun Millimeter Smith & Wesson. Schweigend marschierten die beiden im Mondlicht nebeneinander die Straße hinunter, bis Bourke leise lachend raunte: „Fast wie *High Noon*, nur eben mitten in der Nacht."

Carol machte sich darauf gefaßt, den Wächter am Tor, wenn es sein mußte, festzunehmen, deshalb sah sie befriedigt, daß Dave Ledmark Dienst tat.

„Keine Pflichten als Bodyguard heute nacht?" fragte Bourke, als Dave sie einließ.

Ledmark zeigte mit dem Daumen über seine Schulter. „Inman ist da drin. Ich habe im Haus angerufen, und sie sagten, ich solle ihn reinlassen." Er grinste. „Und ich soll niemandem sagen, daß Inman hier ist. Da fragt man sich was, stimmt's? Ich wußte gar nicht, daß er Juanita Paz kennt."

„Hat er denn nicht nach Hector gefragt?" wollte Carol wissen.

Ledmark schüttelte den Kopf. „Direkt nach Juanita."

„Melden Sie uns nicht an", erklärte Carol. „Ich möchte, daß es eine Überraschung ist."

Zusammen gingen sie die Auffahrt hinauf. Carol hatte ihre Turnschuhe angezogen, die sich immer im Wagen befanden, und bewegte sich fast lautlos. Es war eine wundervolle Nacht, kühl und still. Dunkle Schatten traten aus dem silbernen Mondlicht hervor. Carol hatte das Gefühl, als befände sie sich in einer anderen Schwarzweißwelt.

Kurz bevor sie das Haus erreichten, berieten sich Carol und Bourke. „Wir haben natürlich keinen Durchsuchungsbefehl", sagte Carol, „aber wir haben allen Grund zu der Annahme, daß hier Gefahr im Verzug ist."

„Allen Grund."

Völlig unvermittelt war plötzlich alles in Flutlicht getaucht. Die Fassade des Hauses war in grelles Licht gebadet. Gleichzeitig sagte hinter ihnen eine Stimme: „Nehmen Sie die Hände hoch, so daß ich sie sehen kann."

Carol wirbelte herum. Die schwere Maschinenpistole lag ruhig in seiner Hand. In beißender Wut auf sich selbst, daß sie so freundlich war, in diese Falle zu tappen, sagte sie: „Mr. Ledmark, das ist aber eine Überraschung."

„Da bin ich mir sicher. Rühren Sie keinen Finger, alle beide."

Hector Paz kam aus dem Haus gelaufen, ein doppelläufiges Gewehr im Anschlag. „Hoch! Hoch!" rief er, und seine Stimme überschlug sich vor Aufregung oder Angst. Er hatte fast etwas Wahnsinniges. Bei seinem panischen Befehl streckten beide folgsam die Hände hoch.

„Das ist doch lächerlich", sagte Carol in ruhigem, vernünftigem Ton. „Wir sind Polizeibeamte. Es ist bekannt, daß wir hier sind."

Paz zögerte, dann näherte er sich, als könnten sie beißen. Mit grinsendem Gesicht beobachtete Ledmark sie sehr viel genauer als Paz, der mit zittrigen Händen Bourkes Revolver aus dem Schulterhalfter zog.

Carol hätte die Gelegenheit ergriffen und ihre Glock gezogen, hätte Ledmark nicht Bourke seine schwarze Maschinenpistole an den Hals gesetzt und gesagt: „Vergessen Sie's. Eine Bewegung, und er stirbt." Und zu Paz sagte er: „Nehmen Sie ihnen die Telefone ab."

Dann befahl man ihnen, ins Haus zu marschieren und weiter durch den langen Flur, die Hände im Nacken. Carol war auf dem Sprung und suchte die günstige Gelegenheit, aber Paz marschierte schwer atmend hinter ihnen, als wäre er einen Marathon gelaufen, das Gewehr auf ihren Rücken gerichtet. Er war so aufgedreht, daß Carol fürchtete, er könne versehentlich abdrücken. Dave Ledmark bildete gelassen die Nachhut.

Im Gegensatz zu ihrem Bruder war Juanita eiskalt. Als sie ins Wohnzimmer der Paz mit den stilvollen modernen Möbeln gestoßen wurden, musterte sie sie mit frostiger Verachtung. Es war verblüffend, wie sich die Frau verändert hatte. Die zögerliche Unterwürfigkeit war wie weggeblasen, an ihre Stelle unnachgiebige Entschlossenheit getreten.

Carol, die ein Training für Fälle von Geiselnahme absolviert hatte, versuchte, mit ihr zu kommunizieren, und sagte im Plauderton: „Juanita, hätten Sie etwas dagegen, wenn wir die Hände herunternähmen?"

Juanita ignorierte sie einfach und sagte zu Ledmark: „Gehen Sie zum Tor zurück. Lassen Sie niemanden herein."

„Hören Sie, dies ist entschieden mehr, als wir abgemacht haben."

„Sie werden sehr gut bezahlt. Sagen wir, das Doppelte dessen, was wir vereinbart haben."

Mit diesem Angebot war Ledmark offensichtlich zufrieden. „Das Doppelte? Na gut." Bevor er das Zimmer verließ, warf er Carol einen mitfühlenden Blick zu, was sie sehr verblüffte. „Tut mir leid, daß das passieren mußte."

Juanita wartete, bis Ledmark gegangen war, dann fragte sie Hector: „Ist Humphries auf der Yacht?"

Er nickte beflissen. Die Rollenumkehr war faszinierend,

und es wurmte Carol zutief, daß sie sich so hatte reinlegen lassen. Es hatte den Eindruck erweckt, als sei Hector der Dominierende und Juanita das schüchterne Frauchen. Carol sagte zu ihr: „Sie waren es, die Jim Flint die Kehle durchgeschnitten hat."

Sie hätte sich jedes Wort sparen können. Juanita fragte ihren Mann: „Ist Humphries am Leben? Da wir jetzt diese beiden haben" – ihr Blick schweifte verächtlich über sie hinweg – „wäre es Unsinn, wenn er vor ihnen stirbt."

„Ich habe ihm die Spritze gegeben, wie du gesagt hast. Er ist bewußtlos."

„Es soll wohl so aussehen, als hätte Humphries uns umgebracht?" fragte Bourke.

Nur Carol, weil sie ihn so gut kannte, konnte den Anflug von Beben in seiner Stimme wahrnehmen. Sie empfand, was Bourke empfinden mußte – sie glaubte einfach nicht, was hier geschah, dazu der brennende Zorn und die lähmende Angst, daß ihr Leben bald vorbei wäre.

„Wo ist Chuck Inman?" fragte Carol.

„Hier", erscholl die Antwort im Flur. Inman versuchte, lässig hereinzuspazieren, was ihm gründlich mißlang. Sein Gesicht wirkte gequält und seine Schultern eingesunken, wenngleich er die Hände in den Taschen seines schäbigen Jackets hielt im fast pathetischen Bemühen, nonchalant zu erscheinen.

Das erste Anzeichen einer Emotion trat auf Juanitas Gesicht. „Du blödes Arschloch", fuhr sie ihn an. „Kommst hier angekrochen wie ein geprügelter Hund mit eingezogenem Schwanz."

Er zuckte zusammen, versuchte aber, ihr die Stirn zu bieten. „Hör mal, Juanita, ohne mich hast du gar nichts. *Ich* bin derjenige, der erbt, *ich* bin der, der das Geld hat. Nicht du."

„Das Geld wird dir gar nichts nützen, wenn du im Knast sitzt." Ein kleines Lächeln trat auf ihre Lippen. „Bisher hast du nur secondhand gemordet, Chuck. Diesmal kannst du den Abzug selbst ziehen."

Er wich einen Schritt zurück. „Ich kann nicht..."

Juanita zog höhnisch die Oberlippe hoch. „Hector hat mehr Mumm als du." Dies war offensichtlich kein schmeichelhafter Vergleich. Hector wurde rot. Inman wollte protestieren, klappte aber den Mund wieder zu, als Juanita ihn mit versteinertem Blick maß.

Die unterwürfige, verschüchterte Juanita war eine distanzierte eiskalte Chefin geworden, die – jedenfalls in diesem Moment – die absolute Kontrolle besaß. Sie streckte ihrem Bruder die Hand hin und schnippte mit den Fingern. Er hielt sein Gewehr auf Carol und Bourke gerichtet, als er Carols Glock aus der Tasche zog und Juanita gab. Die reichte sie weiter an Inman. „Weißt du, wie man sie abfeuert?"

„Zum Teufel, natürlich weiß ich das." Und mit schiefem Lächeln fügte er hinzu: „Man braucht kein Waffenspezialist zu sein, um einen Abzug zu ziehen."

Carol rief sich das Grundstück ins Gedächtnis. Die ganze hintere Seite war Hafenbecken. Während die beiden zur Beschattung abgestellten Polizisten auf der Straße warteten, würde man sie und Bourke offenbar auf die Yacht verfrachten und mit Humphries aufs Wasser hinausfahren. Selbst innerhalb von Port Jackson gab es unzählige Möglichkeiten und jenseits der massiven Sandsteinklippen des Hochlands in den Wogen des Pazifik noch sehr viel mehr.

„War Humphries von Anfang an der Sündenbock?" fragte sie, und um Juanita zu schmeicheln, fügte sie hinzu: „Wenn ja, hat es funktioniert. Wir wollten ihn nämlich festnehmen."

Das Schmeicheln zeigte Wirkung, „Es hat perfekt geklappt, nicht wahr?" Juanita lächelte kurz, so daß ihre Zähne blitzten.

Der neben ihr stehende Hector schaute befriedigt drein. „Es war wie eine Militäraktion", erklärte er.

„Soviel generalstabsmäßige Planung“, sagte Carol bewundernd, „und dieses unglaubliche Timing.“

Juanita nickte. „Sie machen sich keine Vorstellung.“

„Natürlich hatten Sie Hilfe. Ambrose Slessor zum Beispiel. Er spricht mit solcher Hochachtung von Ihnen, Juanita.“

„Dieser habgierige, mickrige Kerl?“ Sie runzelte die Stirn. „Er wird gut bezahlt für das, was er tut.“

„Und was ist das?“ fragte Bourke.

Nun wollte Inman nicht abseits stehen und sagte: „Slessor steht im Dunkeln; was hier vorgeht, weiß er nicht, aber er würde alles für Juanita tun.“

Bei Inmans Erklärung preßte Juanita die Lippen zusammen. „Blöder Esel, halt's Maul“, zischte sie. „Ständig quatscht du zuviel.“

„Also wirklich – “

„Bring die beiden mit Hector auf die Yacht. Du weißt, was zu tun ist.“

Inman schluckte. „Ich weiß nicht, ob ich das kann...“

Juanita stieß den Kopf in Carols und Bourkes Richtung. „Glaubst du etwa, du siehst auch nur einen Cent von deinem Geld, wenn sie am Leben bleiben? Entscheide selbst. Entweder reich bis ans Lebensende oder im Knast vermodern.“

Er stieß einen tiefen Seufzer aus. „Okay.“

Carol suchte Marks Blick, und er nickte unmerklich. Sie wußte, er hatte die Situation genauso eingeschätzt wie sie: Juanita war offenbar unbewaffnet. Hector hatte das Gewehr auf sie gerichtet und Bourkes Pistole in der Tasche. Inman hatte Carols Glock in der Hand.

Sie und Bourke mußten in den nächsten Minuten handeln, sonst hätten sie keine Chance, am Leben zu bleiben. Es war klar, daß die Szene so dargestellt werden würde, als hätte Humphries sie umgebracht.

Carol musterte die drei, die sie in Schach hielten. Juanita behielt die Ruhe. Hectors Hype hatte etwas nachgelassen, aber er war noch immer nervös und gereizt. Inman sah richtig krank aus.

„Wir vertrödeln unsere Zeit“, sagte Juanita. „Bringt die Sache jetzt hinter euch.“

Carol nickte Bourke zu. Gleichzeitig sprangen sie beide los, Bourke warf sich auf Hector, und Carol nahm Inman und Juanita aufs Korn. Für seine Größe bewegte sich Bourke mit verblüffender Schnelligkeit. Mit dem Unterarm schlug er Hectors Gewehr zur Seite, gleichzeitig zielte er mit der anderen Handkante auf Hectors Hals. Mit schockierendem Krachen entlud sich ein Schuß gegen die Zimmerdecke.

Inman blieb der Schrei im Hals stecken, als Carols Hieb ihn traf. Er versuchte ihr auszuweichen, aber sie warf sich auf ihn. Er ließ die Glock fallen, sank auf die Knie, Blut strömte zwischen seinen Fingern hervor, die die gebrochene Nase hielten.

Carol bückte sich nach der Glock, erwischte sie und wirbelte herum. Mit einem Blick erfaßte sie die Situation. Bourke und Hector kämpften auf dem Boden miteinander. Juanita packte das Gewehr und wollte gerade auf Carol zielen, da feuerte sie. Juanita legte unbeirrt auf sie an. Wieder feuerte Carol. Juanitas Bewegung stockte. Sie und Carol sahen sich in die Augen. Das Gewehr schwankte, sackte vornüber. Juanita blickte an sich herab auf den rasch größer werdenden Blutfleck auf ihrer Brust. Sie machte einen Schritt und noch einen. Dann knickten ihre Beine ein, und sie fiel mit eigentümlicher Grazie zu Boden.

Carol entriß ihr das Gewehr. Bourke taumelte auf die Füße. Nach Luft schnappend starrte er auf den halb bewußtlosen Hector Paz.

„Carol“, stieß Bourke japsend vervor, „ich muß unbedingt wieder trainieren. Ich bin ganz schön eingerostet.“

13

Innerhalb einer Stunde war das Rule'sche Anwesen von Polizei und der Presse belagert. Helikopter dröhnten darüber hin, die Straßen um das Grundstück waren von Übertragungswagen der Rundfunk- und Fernsehsender blockiert. Journalisten versuchten mit gemieteten Booten, von der Wasserseite zum Haus zu gelangen.

Die schwerverletzte Juanita war mit einer Polizeieskorte ins Krankenhaus transportiert worden. Ebenso der noch immer bewußtlose Kent Humphries. Chuck Inman, jammernd vor Schmerz über seine gebrochene Nase, war von zwei Polizisten zur nächsten Notaufnahme gebracht worden, wo er medizinisch versorgt wurde, bevor er in Untersuchungshaft wanderte. David Ledmark hatte sich aus dem Staub gemacht, war aber bei dem Versuch, in der Umgebung ein Fluchtauto zu knacken, gefaßt worden.

Kriminalrat Edgar war zum Tatort geeilt. Er ließ seinen Fahrer am Tor halten und vergewisserte sich, daß die Fernsehkameras ihn gut ins Bild bekamen. Mit Carol und Bourke zusammen fuhr er ins Präsidium zurück, um beim Verhör von Hector Paz anwesend zu sein, gegen das der Polizeiarzt keine Bedenken vorbrachte.

Edgar beabsichtigte offensichtlich, Paz selbst zu verhören, was Carol innerlich schäumen ließ, als ein Anruf des Polizeichefs ihn anwies, das Verhör der zuständigen Kommissarin zu überlassen. „Ich werde die Vorgänge von der anderen Seite des Spiegels verfolgen, Carol", sagte er vergrätzt über die Verbannung aus dem Mittelpunkt des Geschehens.

Carol beschloß, das Verhör allein durchzuführen. Um Vertrauen herzustellen, nannte sie Hector beim Vornamen. Das Verhör begann morgens früh um drei. Carol stellte sich vor, daß die Ereignisse der Nacht ihm einen ebensolchen Adrenalinstoß gegeben hatten wie ihr.

Hector Paz war in einer merkwürdigen Stimmung. Carol fand ihn seltsam aufgekratzt für einen, der über einen Serienmord verhört wurde. Er hatte sich als erstes nach seiner Frau erkundigt. „Wird sie am Leben bleiben?“ Carol hatte korrigiert, daß Juanita ja wohl seine Schwester sei. Als er nickte, informierte sie ihn, daß ihr Zustand sehr ernst sei. Carol fragte sich, ob er nicht in gewissem Sinn erleichtert war, daß Juanita ihn nicht mehr unter der Fuchtel hatte.

Hector hatte einen Rechtsbeistand zur Seite – einen farblosen kleinen Mann mit zusammengekniffenem Mund, aber Hector hatte sich während des Verhörs juristische Einwände verbeten.

Carol hatte schon oft erlebt, daß Leute den Wunsch hatten, sich endlich einmal alles von der Seele zu reden. Bei Hector Paz war er ganz extrem. Er beantwortete jede Frage ausführlich, manchmal bis in alle Einzelheiten.

Als Juanita und er erfuhren, daß Rule unheilbar an Krebs erkrankt war, hatten die beiden diverse Pläne geschmiedet. Vor diesem Zeitpunkt hatten sie vorgehabt, das Geld ihres Arbeitgebers zu veruntreuen, wie sie es in Kolumbien getan hatten, aber dann änderten sie ihre Meinung angesichts der Aussichten, die Rules bevorstehender Tod ihnen bot.

„Der Plan, für den wir uns am Ende entschieden haben, kam in vielen Diskussionen zustande“, erklärte Hector mit sichtlichem Stolz. „Wir haben ein Szenario nach dem anderen durchgespielt, bis wir zufrieden waren.“ Er lächelte halb. „Ich denke, das war der beste Teil des Ganzen. Es war wie ein sehr faszinierendes Spiel.“

Sie hatten sich überlegt, wer als nächster erben würde,

wenn Martina vor ihrem Vater starb. „Ambrose Slessor hat uns geholfen, ohne viel zu fragen. Er schwärmt für Juanita. Und außerdem hat er Rules Geld selbst veruntreut.

Rosalie Webb wäre die Haupterbin gewesen, und die war eindeutig nicht korrumpierbar, deshalb mußte sie beseitigt werden. Ohne sie erweiterte sich das Feld für die Anwärter auf das riesige Vermögen auf zehn Leute, einschließlich Rosalinds Sohn und Tochter. Fred Verrell, den uns Slessor vermittelt hat, führte die Hintergrundrecherche durch. Chuck Inman stellte sich als der perfekte Kandidat für eine Verschwörung heraus, da er sowohl habgierig als auch vertrauensselig war – ein kleiner Ganove."

Der Plan wurde gestoppt, als Martina ein Testament zugunsten von Juanita machte. Sie hatten vor zu warten, bis Rule starb und Martina die Milliarden erhielt. Dann sollte sie unmittelbar danach einen tödlichen Unfall erleiden, und Juanita würde alles bekommen. Aber als die Freundschaft abkühlte und Martina Juanita vorwarf – völlig zu Recht –, sie in jeder Weise zu manipulieren, änderte sie ihr Testament. Deshalb kehrten die beiden zu ihrem urspünglichen Plan zurück.

„Sie haben sich einen Sündenbock gesucht, dem Sie am Ende sämtliche Morde in die Schuhe schieben können", bemerkte Carol.

Kent Humphries war für diese Rolle der ideale Kandidat gewesen. Abgesehen vom Rugbyclub, in dem er Mitglied war, hatte er keine Freunde. Er telefonierte kaum. Und sein pathologisches Mißtrauen Anwälten gegenüber war äußerst praktisch. Ein Flugbegleiter, dessen Dienstplan sich leicht herausfinden ließ. Seine Wohnung in Bondi wurde abgehört, und einer von Verrells vertrauenswürdigsten Mitarbeitern paßte auf, ob Humphries jedesmal zur Mordzeit allein war.

„Wissen Sie den Namen des Mitarbeiters von Verrell?"

„Ich weiß jedes Detail", erklärte Hector fast blasiert. „Rob

Wells. Er tut alles, was Verrell will, ob legal oder illegal. Durch ihn sind wir an Chuck Inman herangetreten."

Inman brannte darauf, nach Australien zu kommen. Heimliche Treffen, um den Plan zu erklären, untermauerten die Übereinkunft. Als er das Land verließ, wurden die Webbs umgebracht.

„Der Unfall der Webbs war ein Testlauf", sagte Hector. „Ich bin in Kolumbien viel gesegelt und wußte genau, was zu tun war." Er war nach Süd-Australien gefahren, hatte das Boot manipuliert und auf die Explosion gewartet. Ricky Webb hatte überlebt. Um den würden sie sich später kümmern.

Nun ging Carol mit ihm einen Mord nach dem anderen durch, und es überlief sie eine Gänsehaut, wie stolz er auf die Art der Ausführung war.

Mit Verrells Hilfe wurden die beiden Typen, die zu Humphries Rugbyclub gehörten und für Geld zu allem bereit waren, angeheuert, um den Unfall vorzutäuschen. Sie wurden gut bezahlt, hatten aber nicht lange etwas von ihrem Geld. Hector fuhr mit Doherty irgendwohin, wo er seinen Leichnam in einem Gewässer versenkte. Hawkins hatte sich unerwarteterweise nach Bali abgesetzt. Ein Ganove dort wurde bezahlt, um ihn bei einer fingierten Schlägerei umzubringen.

Eine Überdosis Morphium erledigte Thurmond Rule.

„Was war mit Fancee Porter in den Staaten?"

„Das war tatsächlich ein Unfall. Sie sollte erst später sterben, wenn Inman außer Landes war. Inman hatte die Verabredung mit Humphries eingefädelt, so daß eine Verbindung zwischen den beiden nachzuweisen war. Daß sie starb, war ein reiner Glücksfall."

Hector machte ein befriedigtes Gesicht, als Carol zu Ian Stewart kam. „Das klappte so prima. Ich hatte an die Tür geklopft, ich trug einen Overall von einem Gasversorgungsunternehmen und sagte, irgendwo hier sei ein Leck in der Leitung. Ich verwickelte ihn in ein Gespräch über Schach. Er bot mir einen Whisky an. Ich kippte ihm eine Valiumlösung hinein, und als er schlief, ließ ich Juanita herein, die den Abschiedsbrief schrieb und half, ihn aufs Bett zu legen."

„Das war ein vorgetäuschter Selbstmord, Flints Tod aber eindeutig Mord."

„Wir wollten nicht, daß es allzu offensichtlich ist, dann hätte man Humphries zu schnell verhaftet, aber wir wollten auch nicht zu lange warten, weil etwas hätte schiefgehen können."

Jim Flints Tod war der erste eindeutige Mord gewesen, und Juanita hatte beschlossen, daß er schockierend sein mußte, um Aufmerksamkeit zu erregen. Sie hatte sich schon von Wells bestätigen lassen, daß Humphries allein zu Hause war, bevor sie mit Flint zu der Sackgasse fuhr.

„Juanita hat ihm gesagt, sie wüßte ein stilles Plätzchen, wo sie Sex haben könnten. Ich war bereits dort und parkte außer Sichtweite. Juanita schnitt eigenhändig Flints Kehle durch – ich konnte es nicht. Ich wartete mit den Gummistiefeln und dem Plastikkittel wegen des Blutes. Wir haben doch keine Spuren hinterlassen, oder?"

„Nicht die geringsten."

Hector lächelte halb. „Ich weiß noch, daß Juanita sehr zufrieden war."

„Und gestern nacht hat sie Nicholas Jordan erstickt."

„Ja. Sie trug die Schwesternuniform. Fiel gar nicht auf unter den anderen."

Das ganze Verhör war aufgenommen worden und würde in Gänze abgetippt, aber Carol hatte sich auch selbst Notizen gemacht.

„Habe ich Sie richtig verstanden? Juanita war für die ganze Verschwörung verantwortlich."

Im Verlauf des Verhörs war Hector regelrecht ins

Schwärmen geraten. Jetzt wirkte er etwas ernüchtert. „Wir waren Partner."

„Wer hatte am Ende das Sagen?"

Hector zuckte leicht die Achsel. „Juanita, schätze ich."

„Sie ermordete eigenhändig drei Menschen – Thurmond Rule, Jim Flint und Nicholas Jordan?"

„Und sie half bei Stewart", erinnerte er sie.

„Sie selbst haben drei Mitglieder der Familie Webb umgebracht, außerdem Sid Doherty und Ian Stewart."

„Das stimmt."

„Bis zu diesem Punkt hatte Chuck Inman niemanden umgebracht. Trotzdem würde er das ganze Geld erben."

„Wir hatten es schriftlich von ihm, daß er drei Millionen in die Firma investieren würde, die wir gründen wollten. Juanita wußte, daß er ein Quatschkopf war und versuchen würde, uns auszutricksen, sobald er das Geld hatte. Deshalb haben wir jedes Treffen auf Video aufgenommen. Und sie wollte sicherstellen, daß Blut an seinen Händen klebte. Nämlich das von Dave Ledmark, aber dann kamen Sie daher."

„Chuck Inman hat auch ein paar dumme Lügen erzählt", sagte Carol.

Hector grunzte wütend. „Juanita war so sauer auf ihn, daß er Sie wegen der Reise nach Australien angelogen hat. Sie schimpfte, daß dies ein unnötiges Risiko sei, aber Inman war das schnuppe. Er hat es genossen, all die Aufmerksamkeit, die er bekam."

„Wie viele Morde hatten Sie noch geplant?"

„Ricky Webb sollte bei einem Unfall ums Leben kommen – zum Beispiel könnte ein Auto sein Fahrrad anfahren. Juanita wollte Ophelia Rule nicht umbringen – sie sagte, dann würde Humphries sofort verhaftet, und danach wäre es zu gefährlich, noch einen Erben zu töten, wenn man ihm das nicht mehr in die Schuhe schieben könnte."

Carol stellte die Frage, die sie die ganze Zeit mit sich herumgetragen hatte. „Was hat es mit dieser anonymen Versendung des Familienstammbaums auf sich?“

„Damit unser Plan aufging, mußten sich alle Erben melden. Ophelia bekam ihn, weil sie einen großen Wirbel machen würde und es an die Öffentlichkeit brächte. Und Stewart war der Typ, der womöglich gar nicht mitbekäme, daß er Anspruch auf das Erbe erheben könnte. Natürlich fanden wir bald heraus, daß niemand bestärkt werden mußte. Der Geruch des Geldes reichte völlig.“

Carol legte eine Pause ein, so daß sie die Toilette aufsuchen konnten, und ließ frischen Kaffee bringen. Dann setzte sie das Verhör fort: „Wie kam Humphries gestern abend auf das Anwesen?“

Hector sah jetzt etwas müde aus. Er rieb sich das Gesicht, gähnte und antwortete: „Rob Wells beschattete ihn, während Juanita Jordan erstickte. Er sorgte dafür, daß Humphries' Telefon nicht funktionierte, so daß kein Telefonat ihm ein Alibi verschaffen konnte. Wells hatte die Anweisung, ihn daran zu hindern, sollte er die Wohnung verlassen wollen. Genau zur falschen Zeit kam Humphries heraus und ging in Richtung seines Clubs. Wells bot an, ihn mitzunehmen, verpaßte ihm einen und rief mich an.“

Fasziniert sah Carol, wie Hector Paz verlegen wurde. „Ich habe einen peinlichen Fehler begangen“, sagte er. „Ich habe Wells gesagt, er soll Humphries zum Anwesen bringen. Juanita war wütend, als sie nach Hause kam. Wells war gegangen, und Humphries kam langsam wieder zu sich, deshalb sagte sie, ich solle ihm eine Betäubungsspritze geben. Ich hatte das gerade erledigt, als Ledmark anrief und sagte, Sie seien im Anmarsch. Das gab uns ein paar Minuten, zu überlegen, was wir tun sollten.“ Er klang gekränkt über Carols und Bourkes mangelnde Rücksicht.

Hector erklärte, daß Rules Yacht vollgetankt und jederzeit

ablegebereit war, sollte eine Flucht nötig sein. „Das Beste, was uns auf die Schnelle einfiel, war, es so aussehen zu lassen, als hätte Humphries Sie beide beim Versuch, ihn zu verhaften, erschossen, daß aber jemand von Ihnen ihn ebenfalls erwischt hätte und er auf der Flucht auf der Yacht sterben würde."

„Was hat Dave Ledmark mit der Sache zu tun?"

„Eigentlich nichts, bis vor ein paar Tagen. Er ist Inmans Bodyguard, und Sie wissen ja bereits, daß Inman zuviel quatscht. Ledmark schöpfte Verdacht und stellte Fragen. Juanita bot ihm eine Viertelmillion Dollar nach der Testamentsvollstreckung, und er griff mit beiden Händen zu."

Carol stand auf und streckte sich. „Ich danke Ihnen, Hector. Ich lasse Sie jetzt etwas schlafen. Später wird es noch weitere Fragen geben."

Draußen wartete Bourke auf sie. Sie blickte sich um. „Wo ist Edgar?"

„Heimgefahren, um sich für das Frühstücksfernsehen anzuhübschen", sagte Bourke sarkastisch. „Aber ich will dich mit einer guten Nachricht überraschen. Ambrose Slessor ist Komplize der Morde, vor und nach begangener Tat. Mit Sicherheit wird man ihn auch wegen Veruntreuung belangen. Fred Verrell und Rob Wells? Ebenfalls eines Mordkomplotts angeklagt. Was wir Ledmark zur Last legen, weiß ich noch nicht genau, aber er wird nicht sehr froh sein. Zur Zeit kriegt man ihn wegen versuchten Autodiebstahls dran."

Er tätschelte ihr die Schulter. „Du solltest heimfahren."

„Bin schon auf dem Weg. Wie geht's Kent Humphries?"

„Gut. Er hat das Bewußtsein wiedererlangt."

„Und Juanita Paz?"

„Sie ist vor zwanzig Minuten gestorben."

***

Gestern nacht hatte Carol bei der ersten Gelegenheit zu Hause angerufen und Leota gesagt, daß sie erst morgen heimkäme. „Es ist ja Samstag, Schatz. Ich bin hier."

Tante Sarah war mit dem Bus der Ökohexen in die Blue Mountains zurückgefahren, um Carol und Leota alleinzulassen. Carol fuhr äußerst vorsichtig, blinzelte durch ihre Sonnenbrille in die strahlende Morgensonne. Sie war so müde, daß sie ihren Körper nicht mehr spürte.

Mit stirnrunzelnder Konzentration passierte sie die vertrauten Straßen in der Nachbarschaft. Sie parkte auf ihrem Stellplatz, saß eine Weile da, ohne sich zu rühren, starrte durch die Windschutzscheibe auf einen Schwarm kreischender weißer Kakadus, die einander in der Spitze ihres höchsten Eukalyptusbaums lärmend und gutgelaunt drangsalierten. „Mein Baum", sagte sie.

Sie brauchte alle Konzentration, um auszusteigen, das Tor zu öffnen und den Weg zur Haustür hinunterzugehen. Sie hörte sich idiotischerweise sagen: „Mein Tor, mein Weg, meine Haustür."

Leota zog sie an sich. „Du mußt ganz erschöpft sein. Komm, ich mache dir Frühstück, dann bringe ich dich ins Bett."

Widerstandslos ließ Carol sich in die Küche führen. Sie schob sich auf einen hohen Stuhl und sah wie aus großer Distanz zu, als Leota ihr geschickt ein Omelett machte.

„Leota?"

„Ja?"

„Ich kann nicht mitkommen nach Amerika."

Leota legte den Pfannenheber hin. „Du meinst zu diesem Zeitpunkt, oder überhaupt?"

Sie hätte einfach vom Stuhl gleiten, sich auf dem Boden zusammenrollen und auf der Stelle schlafen können. „Ich meine, ich kann nicht mitkommen nach Amerika. Das ist alles, was ich sagen kann."

„Wir reden später darüber, okay?“

Das wird auch nichts ändern, dachte Carol, sagte es aber nicht.

Zwanzig Minuten später lag sie im Bett, driftete in einen gesegneten Schlaf. Beim letzten bewußten Gedanken lächelte sie: *Kriminalhauptkommissarin Carol Ashton.*

Claire McNab

Die Carol-Ashton-Krimis

Operation Pelikan
ISBN 3-88104-359-4

Tödliches Eisen
ISBN 3-88104-353-5

Unter Verdacht
ISBN 3-88104-349-7

Der Trick
ISBN 3-88104-332-2

Überfällig
ISBN 3-88104-321-7

Kettenbrief
ISBN 3-88104-309-8

Geheimer Kreis
ISBN 3-88104-290-3

Marquis läßt grüßen
ISBN 3-88104-277-6

Bodyguard
ISBN 3-88104-264-4

Das Ende vom Lied
ISBN 3-88104-242-3

Ausradiert
ISBN 3-88104-217-2

Tod in Australien
ISBN 3-88104-214-8

Die Denise Cleever-Thriller

Zum Abschuß frei
ISBN 3-88104-364-0

Mord undercover
ISBN3-88104-337-3

Mord inklusive
ISBN 3-88104-343-8

im Verlag Frauenoffensive

Offensive Krimis – eine Auswahl

Kate Calloway

Erster Eindruck
ISBN 3-88104-292-X

Zweite Geige
ISBN 3-88104-299-7

Dritter Grad
ISBN 3-88104-304-7

Vierter Anlauf
ISBN 3-88104-315-2

Fünftes Rad
ISBN 3-88104-322-5

Sechster Sinn
ISBN 3-88104-327-6

Siebter Himmel
ISBN 3-88104-338-1

Achter Tag
ISBN 3-88104-354-3

im Verlag Frauenoffensive

Offensive Krimis – eine Auswahl

Angelika Aliti
Die Sau ruft
ISBN 3-88104-297-0

Heißes Herz
ISBN 3-88104-333-0

Shirley Seul
Die Diva
ISBN 3-88104363-2

Kopflos
ISBN 3-88104-311-X

Schwamm drüber
ISBN 3-88104-336-5

Karen Saum
Mord ist relativ
ISBN 3-88104-209-1

Kitty Fitzgerald
Die Frau gegenüber
ISBN 3-88104-222-9

im Verlag Frauenoffensive